T0243761

Amor fantasma

LISA TADDEO

AMOR FANTASMA

Traducción de
Aitana Vega Casiano

PRINCIPAL

Primera edición: enero de 2024
Título original: *Ghost Lover*

© Woolloomooloo, LLC, 2022
© de la traducción, Aitana Vega Casiano, 2024
© de esta edición, Futurbox Project, S. L., 2024
Todos los derechos reservados, incluido el derecho de reproducción total o parcial.

Diseño de cubierta: Taller de los Libros
Imagen de cubierta: Shutterstock - Wirestock Creators
Corrección: Gemma Benavent

Publicado por Principal de los Libros
C/ Roger de Flor n.º 49, escalera B, entresuelo, despacho 10
08013, Barcelona
info@principaldeloslibros.com
www.principaldeloslibros.com

ISBN: 978-84-18216-57-2
THEMA: FBA
Depósito Legal: B 39-2024
Preimpresión: Taller de los Libros
Impresión y encuadernación: Liberdúplex
Impreso en España — *Printed in Spain*

Para todas las chicas
que alguna vez han amado.

Índice

AMANTE FANTASMA

1

El único e inigualable

Estás haciendo cola en el local de sándwiches hípster de un bloque de apartamentos fúnebre en las colinas y no te apetece nada montar el tuyo pronto. Podrías elegir uno de los destacados, pero todos engordan. El pastrami es el polo opuesto de Los Ángeles.

Habrías querido prepararte algo en tu reluciente cocina con vistas al Pacífico, una tostada de aguacate, por ejemplo, pero se te habían acabado los aguacates y solo te quedaba un cuarto de barra de mantequilla, por lo que no tenías forma de hacer nada apetitoso. Podrías haberle pedido a alguien que te trajera mantequilla, pero eso te habría hecho sentir mimada y fofa. Además, aunque lo que de verdad habrías querido era Kerrygold, habrías pedido «Organic Valley o lo que haya, cualquiera menos Land O'Lakes». Después, la recadera te habría enviado al menos dos mensajes. «Solo tienen Breakstone's u Horizon».

Entonces te habrías sentado a mirar las olas que se fundían en tu franja rocosa de la playa en la más absoluta tristeza. Habrías esperado no menos de tres minutos para que la chica de pelo castaño claro que era más joven, más menuda y pobre que tú tuviera que esperar allí, en la sección de refrigerados, con una camisa sin mangas en un precioso día de playa, hasta que le respondieras, sin más, «una con sal». A veces, lo único que te hacía feliz era controlar a otro ser vivo. Por supuesto, al final, nunca te saldría bien. Para empezar, siempre estarías más gorda de lo que te gustaría. Controlar a otras personas te suma unas quinientas calorías. Una deliciosa bebida tropical del bar al lado de Nobu, en la Estatal 1, son otras cien calorías más, si pretendes hacer pagar a tu asistente el hecho de que estés en una mala cita mandándole un mensaje mientras ella está en una buena.

En la cola, abres una bolsa de picatostes Caesar Twice-Baked. Si te comes solo la mitad de la bolsa, serán ciento setenta calorías. Una mosca revolotea a baja altura, grande y ralentizada por el maravilloso final del verano. La pareja que tienes delante tontea. El joven se inclina e inhala el cabello de la chica. Ella se vuelve a mirarlo con una sonrisa. No oyen la mosca, que zumba fuerte a la altura del oído. Cuando la mirada acaramelada termina, el chico se vuelve y se fija en ti. Al principio, apenas registra tu presencia, porque su novia está buena y tú no. Pero entonces te reconoce y le da un golpe en el brazo a la chica.

—¡Oye! —dice—. ¡Oye! Eres Ari de *Amante fantasma*, ¿verdad?

Te sientes mareada y el picatoste que tienes en la boca adopta el tamaño de una pesadilla. Intentas masticarlo con calma, pero no hay forma relajada y rápida de deshacerse de un trozo de pan. La desintegración lenta es la única opción.

La novia abre mucho los ojos con el repentino reconocimiento. La mosca pasa zumbando. Detrás de ti, la puerta mosquitera tintada se abre y se cierra y aprovechas el momento para girar la cabeza en su dirección y masticar el picatoste.

—¡Madre mía! —dice la chica—. ¡Sí que eres tú!

Te vuelves de nuevo hacia ellos. Tienes motas de perejil seco en los labios. La chica lleva una camiseta de The Cure sin mangas y sin sujetador y el lateral de una teta roza la oreja de Robert Smith. Tiene los hombros suaves y redondos. Tiene veinticinco años. Tú nunca has tenido veinticinco.

—Eres la razón por la que mi mejor amiga se va a casar con el hombre de sus sueños —dice.

El chico sonríe.

—¿Luke es el hombre de sus sueños?

Ella le da un puñetazo y pone los ojos en blanco. Los dos se vuelven hacia ti.

—Qué fuerte. Vamos a la boda en apenas dos meses y es todo gracias a ti.

Sonríes, aunque no con sinceridad. Imaginas que la mejor amiga de la chica debe de ser una cliente de nivel III. Aunque tal vez solo haya visto el programa. Es el único programa de autoayuda que la gente devora de una sentada en Netflix, un dato que Jennifer, tu chica de relaciones públicas, repite más a menudo que su propio nombre.

—Madre mía, es que a Pandora le va a dar algo cuando le diga que te he conocido.

Para entonces, el chico ya ha perdido el interés. Rasca con las uñas la carne de la cintura de la chica, que lleva unos vaqueros oscuros de tiro bajo. El hueso de su cadera es un cinturón de seguridad. Lo único que el novio quiere hacer es follársela. Sabes que tienes un ojo más experto para esas cosas que ninguna otra persona del mundo.

—Eres increíble. Eres como mi heroína.

Asientes. Hace una semana, decidiste dejar de dar las gracias. Ser más fría, en general. Tomaste la decisión un día en el que tenías la puerta corrediza del balcón abierta y oíste a un pájaro raro gañir en la distancia. El ruido te dio ganas de arrancarle los ojos y después hacer lo mismo con los tuyos. Ese día, te alejaste de Dios más que nunca. Nunca has creído en Él, pero ese día sentiste cómo se congelaba el océano entero. Sentiste que los dedos de los pies se te quedaban sin sangre. Ese día llegó la invitación, navegando entre brotes tiernos.

—Me... ¿Nos das tu autógrafo? O algo, no sé, lo que sea.

Al chico le da completamente igual. El hecho de que, en este momento, a la chica le importe más conocerte que a su novio te hace odiarla mucho, por poseer ese poder. Tiene suerte. Una fortuna ciega que se le concedió al nacer, por tener los ojos grandes y los pómulos altos. En casa, la puerta mosquitera se ha salido del raíl. No tienes a nadie a quien pedirle que la arregle. Hay alguien, pero no puedes pedírselo todavía. Sabes que es demasiado pronto. Que siempre lo será.

—¡El siguiente, por favor! —grita el chico de los sándwiches.

Es domingo, lo que para ti es como la garganta de una ballena. Negro azulado y eterno. La gente siempre te escribe y te llama los lunes por la mañana, a las 10:27, cuando estás más ocupada. Los domingos, casi nunca lo hacen. Ni siquiera las antiguas amigas del instituto cuyos maridos tienen un cáncer raro y buscan limosnas. Incluso esas personas están demasiado ocupadas como para enviarte un mensaje un domingo.

La pareja se vuelve hacia el chico de los sándwiches.

—Un *bánh mì* de cerdo asado y un Único e inigualable de queso fundido —dice el chico.

Recuerdas la primera vez que viniste aquí, y fue con él. Te enseñó Los Ángeles como si se hubiera abierto una puerta iluminada por el sol en el pecho. Su local de sándwiches. Un tugurio, pero que olía a pan a medio cocer, en una colina sobre la autopista, rodeado de árboles. Las botellas de vino de dentro, a la venta. Podías irte a casa con una botella de vino y sándwiches.

—El sándwich de queso sin tomate, por favor —susurra la chica mientras le tira a su novio de la camiseta gris.

—El Único e inigualable sin tomate —repite él, y el dependiente asiente.

—Son veinte dólares —dice.

El novio se saca un billete del bolsillo. Parecen los últimos veinte dólares en la tierra y el corazón se te rompe un poco más cuando la chica le susurra en el omoplato:

—Gracias.

2

El futuro es femenino

De camino al Country Mart, bajas la temperatura a quince grados y subes el aire al máximo. En cuestión de segundos, tienes la cara fría como un vaso de leche. Antes te preocupaba cuánta gasolina consumía el aire acondicionado. Ahora ya no. Cuando tienes las mejillas frías, las notas más delgadas.

Han pasado casi dos años. En ese tiempo, te has convertido en algo diametralmente opuesto a lo que eras, al menos para el ancho mundo. Antes no te conocían y ahora casi todos lo hacen. Es una sensación extraña. Hombres con gorras de Titleist y camisas de golf holgadas saben quién eres porque sus hijas lo saben. Porque tu cara está en todas partes. Eres rica. ¡Qué palabra! Te compraste una casa en Malibú. Construida sobre pilotes, con una de esas entradas, justo al lado de la Ruta Estatal 1. «No es para tanto —comentabas—. ¿Esto es Malibú?». Y Nick te decía que no tenías ni idea, que no conocías el otro lado. Hasta que un día te llevó a pasear al otro lado, por las rocas que bordeaban el agua en movimiento, y allí viste las cubiertas y las verdaderas fachadas delanteras de las casas. ¡Daban al mar! El «otro» lado, el de la autopista, era la parte de atrás. Cuando te encontraste en el lado del mar, comprendiste cuánto sabía y tenía esa gente más que tú. Te llevó de la mano por las afiladas rocas. No recuerdas haber querido nada más entonces, pero debías de hacerlo.

Tu casa tiene forma de A. Le mentiste a tu mejor amiga sobre cuánto te había costado, porque te sentías mal por haberla pagado al contado mientras que ella hacía malabares entre dos trabajos para pagarse los préstamos de la escuela de enfermería. En la planta de arriba hay un baño blanco espectacular. Tiene una bañera con patas, vistas al mar, grifos dorados, toallas blancas como nubes en barras de teca y una jabonera en un taburete del mismo material. Una planta de vetiver en una maceta de arcilla verde francesa, todavía envuelta en papel acolchado.

Vas de camino al Country Mart a por un *matcha latte* con hielo y a comprar ropa a unos precios que todavía te seducen. Te podrías gastar más de dos mil dólares en una blusa transparente que, sin embargo, necesitaría algo que llevar debajo. Cuanto menos perfecto es el cuerpo de una persona, más prendas caras y telas pesadas necesita, que la hagan destacar como a trabajadores humanitarios en el estrato social.

Aun así, cuesta librarse de las viejas costumbres. El jabón de tu baño es una pastilla de dieciocho dólares. Te niegas a usarlo hasta que hayas perdido al menos dos kilos.

La idea de *Amante fantasma* nació, en exclusiva, de Nick. O más bien, de la disolución de lo tuyo con Nick. Se produjo una insolvencia. Lo contrario de un empalamiento. Te defecaste en tu alma. Así lo describiste en su momento, en un lenguaje menos refinado, en las páginas de tu diario. Lloraste durante meses y luego pasaste a sentarte en cafeterías a trazar estrategias. Al principio, planeaste recuperarlo. Había una cafetería en particular, en La Cienega, un lugar en el que él nunca había estado, un lugar en el que nunca se habría fijado. No era lo bastante fino ni estaba limpio. No vendían granos enteros de café arábigo. Había una señora de unos cincuenta y tantos que trabajaba en la cocina que también ordenaba los paquetes de sucedáneos de azúcar y limpiaba con la mano el mostrador de la leche. Al principio, no soportabas los gruñidos que soltaba. Odiabas lo plano que tenía el culo y el ruido que hacían sus zapatos. Odiabas cómo se te pegaba a la espalda como una lapa. Estabas segura de que, aunque se suponía que no hablaba inglés, leía lo que escribías en el portátil. Las entradas de tu diario. Entonces un día, mientras pasaba la fregona alrededor de tu silla, te puso una mano en el hombro. Con veneración, como una madre o un cura. Hizo que te sintieses plena. Te diste la vuelta y sus ojos ancianos vieron todo tu ser. Así, sin más, todo se asentó. «Estoy bien —pensaste—. Le escribiré una nota». Era su cumpleaños. «Feliz cumpleaños», le escribiste. Enviaste las palabras a través de las avenidas de código y te sentiste como una reina del amor. Siete minutos más tarde, respondió: «¡Gracias!».

Una semana después, Nick entró en tu cafetería. Con una chica. Una chica definitiva, una década más joven. Al verlo, se te escapó un pedo. La chica se volvió y te vio. Se sonrojó en un gesto de compasión. Él no debió de oírlo, y ella no parecía saber quién eras. No sabía que, una vez, Nick te devoró en casa de tu madre mientras Karl, su marido que antes te violaba, escuchaba desde la planta de abajo.

Lo más importante fue que Nick no se fijó en ti, así que saliste corriendo, sin el ordenador ni la pila de libros. Te escondiste en una esquina, sudando, hasta que se fueron, en el coche de ella, un deportivo negro. Eso te dio náuseas. Verlo en el coche de una chica. Escuchando música juvenil. Cuando volviste a entrar, la mujer china estaba junto a tu mesa y protegía tus cosas con su sombra. Asintió al verte. Tenías ganas de llorar. Sabías que no regresarías y no volverías a verla. Los pequeños finales están por todas partes.

Amante fantasma surgió con facilidad a partir de ahí: una serie de ideas nacidas del dolor, como polillas a la luz. Dejaste tu trabajo como segunda asistente de una celebridad de poca monta. Solo habías aceptado ese empleo para tener una excusa para estar en Los Ángeles, con él. Empezaste a dormir durante el día, entre bebidas heladas a la solitaria luz del sol y rubias en traje de baño jugando al voleibol. Salías solo de noche. Te sentabas en Chez Jay's, que había sido suyo, pero se lo robaste. Sentías el lujo viscoso de estar donde no deberías. La desazón de esperar al acecho. Escuchabas. Principalmente, a chicas que mandaban mensajes de texto. Cómo responder a esto o aquello. No tenían ni idea de nada. Eran jóvenes e insignificantes. Sin embargo, te daban pena, o más bien, te la daba su dolor. O no. Tu dolor mostraba afinidad con el suyo, y en ese momento tenías que estar donde estuviera tu dolor. Era lo único real.

Una noche allí, te encontraste con un viejo amigo de casa, que cursaba un máster intensivo en Empresariales en Long Beach y engañaba a su novia casi todos los fines de semana. Seguisteis con las copas en Father's Office. El dulzor de la hamburguesa te supo rosado y mal en la lengua. Intuiste que solo quería un sitio donde dormir en Los Ángeles. Aun así, era útil, como muchos personajes secundarios, aunque no comprendiste cuánto hasta más tarde. Te dijo que lo único que se aprende en Empresariales es a identificar un problema en el mercado y crear una solución.

Esa noche ingeriste más de dos mil quinientas calorías, en el bar y después en casa. Te tomaste un Ambien y escribiste un plan de negocios hasta que las palabras empezaron a fundirse unas con otras en la pantalla. Te tiraste al amigo del máster de Empresariales el fin de semana siguiente. Lo sentiste como un hierro blando dentro de ti, algo vulgar y sin gracia. El dolor sordo del metesaca más básico. No te corriste. Él eyaculó de forma abundante en tu ombligo. Dejó una piscinilla grasa.

Varias semanas después, creaste la aplicación con la ayuda de este amigo. Un sistema de reenvío de mensajes para que un experto respondiera (o no) al ligue de una clienta. Se informaría a la susodicha cuando fuera necesario, pero por lo demás disfrutaría de la santa ignorancia. Una forma de que las chicas, sobre todo, se convirtieran en las mejores versiones de sí mismas, inoculadas en la práctica contra su deseo.

Al principio tú eras la única experta. Pensabas en cómo el propio Nick respondería a un mensaje. Cómo las chicas jóvenes y guapísimas con las que salía entonces contestarían a los mensajes de hombres gruñones. En poco tiempo, el equipo creció. Contrataste a chicas menudas y despampanantes. Siempre traías a mujeres que imaginabas que le gustarían. Una de las razones era el furioso latido que te provocaba en la pelvis. Otra era evitar invitarlo a volver a tu vida. No era factible, porque había demasiados elementos de los que sentir celos. Todas esas melenas de infarto, todos esos muslos de surfista.

3

Guapa sin que se note que te esfuerzas

Están las chicas que agradan a las chicas, y las chicas que agradan a los chicos. Las chicas que agradan a las chicas, incluso a los trece años, se la chupan a un chico, no para gustarle a él, sino para volver a contárselo a sus amigas. El gusto y el sabor, como marcar una casilla. Tú formabas parte del segundo grupo. Siempre te enamorabas hasta las trancas de los chicos. Cada uno se convertía en su propio cuento de hadas. Una psicóloga te dijo que era un comportamiento adquirido por observar a tu madre. Otro, que era una consecuencia de la muerte de tu padre.

Ahora mismo hay uno, Jeff. Es fotógrafo. Lo llevas a fiestas. A eventos a los que hay que ir de etiqueta. Siempre va perfumado y es puntual. Quien tú sabes nunca era puntual.

Has ido al Country Mart a comprar un vestido para uno de esos eventos, en el Getty Villa esta noche. Vienes aquí porque no soportas el centro de Los Ángeles. Rodeo, con su luz de sol blanquecina. Los centros comerciales están descartados. Tus gustos se han vuelto demasiado refinados y los has dejado atrás. Hoy tienes esperanzas con Morgane Le Fay. Te imaginas algo fresco y con unas buenas transparencias.

Este te preocupa más que de costumbre. Jeff ha conseguido algo de fama a través de ti. Lo propusiste como fotógrafo para la sesión con *Elle*. No quería hacer la iluminación a su manera, pero después cedió. Desde entonces, ha conseguido trabajos con *Vogue* y *Esquire*. Lo oíste hablar por teléfono con

21

una chica de *W,* negociando y encantador. Jennifer, tu publicista, dijo que estaba bueno delante de ti y de él. Esto fue casi imperdonable, pero la perdonaste. Cuestionó sus intenciones en privado, solo contigo, y lo bastante cerca del principio de la relación para que después pudiera fingir que nunca había ocurrido. Lo conociste en una web para personas con más de diez mil seguidores en Twitter. O estabas bueno o tenías una cierta cantidad de seguidores. Tú formabas parte del último grupo. Él, del primero.

Una dependienta te reconoce en la tienda. Incluso con las gafas de sol y la gorra de los Bruins. Tienes la nariz como un carlino; es inconfundible. Que te reconozcan a menudo por un elemento poco atractivo es una sensación abrasadora. Te dan ganas de castigar a todas las mujeres guapas de melena castaña que se te cruzan en el camino.

Jennifer es la otra razón por la que te descubren a menudo. Es más buena en su trabajo que cualquier otra persona que hayas conocido. En su mayoría, es accidental. Como todos los grandes éxitos, acertó de pleno un par de veces en el pasado y ahora se limita a capitalizar su reputación.

—¿Eres...? Ostras. Lo eres.

Ni siquiera asientes. A veces, cuando comes demasiado en el almuerzo, necesitas ser cruel con una dependienta. Toqueteas un vestido vaporoso de color crema y ella se ofrece a prepararte un probador para las cero prendas que llevas en la mano.

Dice algunas cosas más, tópicos vacíos, pero tan necesarios como el agua de limón caliente que bebes todas las mañanas. Sin embargo, cuando te pregunta si buscas algo en especial, te desahogas.

—En realidad, no. Busco algo que no sea nada especial. Dime. ¿Qué es lo menos especial que tienes en la tienda?

De vuelta en el exterior, cierras los ojos por el sol y te aprietas las sienes. ¡Ah, la indignidad del domingo!

Vuelves a abrirlos y le envías a Jennifer un mensaje rápido.

«Me he portado como una cabrona en Morgane Le Fay».

«¿Montana o Malibú? ¿Clienta o dependienta?».

«Lo segundo», escribes. Así de buena eres en tu trabajo. Una profesional de los mensajes. Sabes cómo destripar, palpar o abrogar con una palabra suave, combinada con una puntuación astuta. Quieres que Jennifer tenga que preguntarle a alguien lo que quieres decir. Quieres que se sienta tonta, indigna. Como la chica de relaciones públicas que es. Para que no confunda su delgadez con valor real.

Sin haber comprado nada, regresas al coche. Antes, las montañas arenosas en la distancia te confundían. Por un lado, parecían naturales y salvajes, pero todas las villas con forma de barco se habían encajado en las rocas más acogedoras. Las casas se veían blancas y sucias desde abajo, pero todas estaban cerradas. Nadie utilizaba las tierras que poseía. Había caballos, pero tenían sed y calor. Antes, las colinas de Los Ángeles te desconcertaban, pero ahora has asistido a fiestas en esos palacios descuidados. Has visto piscinas usadas como estanques de cisnes y de hombres desnudos. Has visto piscinas que nunca se han llenado de agua. Cuando estás dentro de las montañas, te das cuenta de que no son montañas, sino marcadores de posición.

Desbloqueas el coche y usas la llave para encender el aire acondicionado antes de entrar. Te pondrás el vestido rojo que te compró Nick en aquella tienda de segunda mano de Cambridge. Después de todos estos años y dietas, sigues teniendo casi la misma talla. Si la gente supiera cuánto trabajo has dedicado a tu peso. Las fluctuaciones de tu mente suben y caen como un ambicioso tobogán de agua. Tu relación con la nevera le ha provocado al gato un trastorno de ansiedad. Pero los movimientos de tu cuerpo son apenas imperceptibles.

De todos modos, el vestido todavía te queda bien. Es el único con el que te sientes guapa sin esforzarte.

Esta noche te darán un premio y te convertirás en la tercera embajadora por las mujeres de Golda Meir. Tienes que dar un discurso ante una sala llena de personas muy importantes. Al principio, pensabas hablar de pasar de no tener casi nada a un montón de algo. Nada que nadie no haya oído antes. Te avergonzaba la banalidad, pero ahora brillas tanto que no importa, ni siquiera a ti. Entonces, llegó la invitación. Se te retorcieron las tripas; se derritieron como una cuchara de miel sumergida en té.

Te diste un largo baño con olor a eucalipto. Cambiaste el discurso por completo.

4

Un sitio viejo con el chico nuevo

Has quedado con Jeff para tomar una copa antes de los premios. El mes pasado, por su trigésimo tercer cumpleaños, le compraste una Triumph de color verde oscuro y le encanta conducirla por los cañones. Desde hace poco, te sugiere que os veáis donde hayáis quedado en lugar de ir juntos. Le dijiste que no te importaba ir en moto y que no tenías miedo, pero te respondió que él sí, por ser un novato, y que temía que te hicieras daño. De todos modos, esta noche es un asunto irrelevante, por tu pelo, el viento y tu vestido.

El Old Place es otro lugar al que Nick te llevó. Fue la semana en que lo visitaste por primera vez, cuando reclamaste tu posición. Expresaste cómo los océanos de macadán y los edificios ocupados te ponían triste. Imaginabas que todo Los Ángeles era como una o dos calles de Beverly Hills, con palmeras y césped de rúcula. Nick te dijo que Los Ángeles nunca es lo que nadie piensa que es antes de venir. Porque en realidad no existe. Tienes que crear tu propio Los Ángeles.

Luego te llevó al Old Place en su Subaru. Era fantástico. Un paraíso remoto de maleza, un granero destartalado con cuernos en la fachada y herraduras en el interior, lámparas de aceite y mesas de madera tallada. Te recordaba a Wyoming y, sin embargo, había una villa de estilo español a la vuelta de la esquina y una constelación de Teslas en la entrada. Dentro compartisteis un surtido de embutidos y contaste las monedas que llevabas encima. La camarera, que era guapísima, no te asustó. Por aquel entonces, aún erais amigos. Fue un año después de acabar la universidad. Los años de Boston, los llamaba él; un año después de Boston.

No obstante, incluso entonces, para ti era algo más. En tus diarios hay una pegatina con una estrella roja sobre la noche en la que os conocisteis. Era la primavera de tu tercer año y la policía acababa de interrumpir una fiesta en las Torres. Tenías un vaso de plástico en la mano y no sabías qué hacer con él.

Nick te había conocido antes junto al barril. Bombeó un vaso para ti y te preguntó si te gustaba lo blanco. Abriste mucho los ojos. «En la cerveza», dijo.

Mientras los policías cuadraban las caderas en tu dirección, evaluó tu situación, se arrancó la camisa y les enseñó el pecho, como Tarzán. A la gente guapa no le cuesta desvestirse y causar ese tipo de distracción. Sea como sea, te enamoraste de un acto de humanidad de alguien atractivo.

Jeff, que desde hace poco ha pasado a ser Jeffrey en el trabajo en la revista, te envía un mensaje en el que dice que acaba de salir, diez minutos antes de la hora a la que se supone que habéis quedado. Tardará cuarenta minutos en llegar desde el estudio. Tiene un cajón en tu casa y se quedará a dormir. Por la mañana, saldrá a correr por la playa y volverá sin camiseta. Siempre deja una James Perse de color neutro colgada de la punta de una roca concreta. En cierto modo, es como un actor. Mientras tanto, te habrás duchado y aplicado una cantidad invisible de maquillaje y habrás preparado leche de anacardo fresca. Cuando vuelva, pegará la cintura a la tuya y te besará en la mejilla, y volverás a desearlo. Pero siempre tiene que irse. Siempre está trabajando, a menos que haya un evento.

Llegas a las cuatro. Eliges la misma mesa de hace casi una década. Se acerca una camarera, de unos cincuenta años y con marcas de viruela. Pides un vodka con soda y buscas en la carta algo que tenga menos de cien calorías. No hay ostras ni ceviche. Cuanto mejor sea el ambiente de un bar, sobre todo si está en pleno bosque, más frita estará la comida.

Entras en el Instagram de Jeff, porque a veces sube fotos de sitios en los que no sabes que está. Su cuenta es una mezcla de fotografías paisajísticas con niebla de masas de agua y árboles altos a la luz del sol y *selfies* de los dos, en galas de premios y aviones privados, en Cannes y en la Costa Azul. Hay una foto que te da ganas de morirte. Los dos en el desfile de Alexander McQueen, durante la Semana de la Moda de Nueva York. Llevas un vestido morado que, según Jennifer, te hacía parecer una diosa. Jeff está moreno y su rostro es débil, pero es innegable que es guapo. Alguien que ninguno de los dos conocía dejó un comentario. «Naturaleza muerta de un fotógrafo y una salchicha en Balmain».

Esa noche, le pediste que hiciese la cuenta privada. «Claro», te dijo. Se lo volviste a pedir por la mañana.

Hace nueve años le hablaste a Nick de Karl en esta misma mesa. Karl llevaba gafas y tenía el pelo rizado. Tu madre lo adoraba.

Se lo contaste todo a Nick. Cómo hiciste que el cabrón pagase por todas y cada una de sus transgresiones. ¿Te hizo un dedo en el pasillo cuando salías de la ducha con la bata de Kensie Girl? Usaste su tarjeta de crédito para comprarte unas gafas de sol de Prada. ¿Te hizo ponerle la mano en la polla por debajo de la mesa mientras tu madre estaba sentada justo enfrente? Le compraste a tu amigo gay, Bobby, un esmoquin.

No le contaste a Nick lo de Karl para desahogarte. Se lo contaste para que te quisiera.

Jeff entra con el casco en la mano. Le sonríe al camarero y examina la sala vacía. Te ve y viene a tu encuentro.

—Nena —dice, y te besa por encima de la mesa.

—Hola —lo saludas con sequedad. Has perfeccionado la austeridad en momentos sorprendentes. Hace que la gente sienta que te ha ofendido y piense que necesita compensarlo.

—Estás increíble.

—Gracias.

—¿Estás lista? ¿Necesitas ayuda con los nervios? ¿Tienen teleprónter o vas a improvisar?

—Improvisar.

—Eres la caña.

—Tenemos que hablar de lo que voy a decir.

—Adelante —dice mientras llama a la camarera con un gesto. Es muy educado con los empleados, pero también impaciente.

—Es sobre mi ex.

—Vaya —responde.

—Sobre cómo mi ex me violó.

Jeff es el ejemplo perfecto de los hombres nuevos. Ha montado a caballo en Texas como un vaquero, pero la palabra «violar» le provoca calambres menstruales. No sabe cuál es la manera políticamente correcta de manejar la situación. Sobre todo, no se deja llevar por el corazón.

Jadea. La camarera se acerca y está demasiado alterado para pedir. Niega con la cabeza. Pides por él.

—Tomará un vodka con naranja —dices.

—¿Absolut? —pregunta ella.

—Grey Goose —susurra Jeff. Luego se vuelve hacia ti—. ¿Qué quieres decir?

Respiras hondo.

—Es un tema complejo —explicas—. Estas cosas siempre lo son. Estuvimos juntos mucho tiempo y estábamos muy enamorados. Se puede decir que era muy enérgico. Discutíamos mucho, pero, por lo demás, no había más alertas rojas. Pero las había. Pensaba que era un buen tío.

Jeff asiente y sacude la cabeza, hipnotizado.

Le cuentas lo que pasó la noche de la que quieres hablar en el discurso. Nick y tú tomasteis setas, pero él no estaba acostumbrado a los psicodélicos. Lo suyo era la cerveza. Tu amigo Bobby te las había mandado por tu cumpleaños. Pagasteis un bungaló en el hotel Beverly Hills con la tarjeta de crédito de Karl. Fuiste con Nick a tomar unas copas a Slumulous con un grupo de sus amigos, porque tú todavía no tenías los tuyos. Karl no quería tomar las setas, pero era tu cumpleaños e insististe.

Hace nueve años, cuando le contaste a Nick lo de Karl en esta misma mesa, dijo que lo iba a matar. «Por favor —suplicaste entre lágrimas—. Por favor, ya se acabó. Solo necesito...».

—¿Cómo? —Nick estaba furioso.

«Solo te necesito a ti», querías decir. En vez de eso, dejaste que el dolor te deformase el gesto.

Jeff extiende una mano suave por encima de la mesa para tomar la tuya. Te mantienes firme y fuerte, pero también temes estar fea.

—En algún momento, en mitad de la noche, se me subió encima. Era un tipo grande. No estaba gordo, sino que era muy ancho, tonificado y musculoso. Se me subió encima y me apartó la ropa interior a un lado y la rasgó, como si la hubiera estirado. Perdona. Luego se puso a bombear. Como si quisiera vaciarme por dentro.

—Dios.

—A ver, me despertó. Y lo sabía. Sabía que estaba colocado y que ni siquiera era consciente de lo que hacía. Al menos, eso creo. Terminó antes de que me diera tiempo a pararlo. No sé cómo describirlo.

—Lo entiendo.

—Claro que sí.

En su momento, Nick te pidió que le describieras a ese hijo de puta. Fue antes de que la gente mayor se hiciera Facebook. Te negaste. «No sé cómo es. Es muy normal. Tiene el aspecto de alguien a quien no creerías capaz de hacer algo así».

Cuando Jeff se corre en un condón dentro de ti, sientes cómo su pene de tamaño medio se contrae mucho antes de que su orgasmo alcance el punto álgido. Algo te dice que esto no le pasaría con una prostituta. La camarera le trae la bebida y se la deja lo bastante lejos de la mano para que tenga que estirarse mientras sigues hablando.

—Me parece importante contárselo a las mujeres que asistirán esta noche. Merecen saberlo. Creo que las ayudará a superar sus propias experiencias. Todas las mujeres han vivido algo así. Al menos una vez.

Jeff asiente con elocuencia.

—Quería prepararte. Sé que puede ser incómodo.

—No, Ari. Estoy aquí. Me tienes para lo que necesites. No me creo que te pasara algo así. Que hayas vivido con ello y lo hayas mantenido en secreto.

La respuesta de Nick a lo de Karl fue salvaje y contundente. Te hizo sentir como una bailarina de flamenco, como una mujer por la que valía la pena matar.

Das un sorbo a la bebida hasta que se acaba. Jeff pide otra porque todo es demasiado, la información, la noche. La camarera parece saber que debe darte la cuenta a ti. Últimamente, te pasa siempre.

5

Porque la noche

El teatro al aire libre del Getty es en parte de estilo shakespeariano y en parte de estilo Malibú deprimente. En consecuencia, te sientes morena y válida. El vodka con soda en ayunas ha sido un pelín más fuerte que la dosis perfecta de embriaguez, lo que es todavía más perfecto. Siempre has sido capaz de transformar un error en algo positivo. Es una de las cosas que te han llevado hasta aquí.

Incluso la invitación de la semana pasada. Sobre todo la invitación. Estás a punto de darle la vuelta.

Todavía están montando el bar y solo han llegado las personas importantes. Tú, la primera dama, las demás oradoras, las editoras de las principales revistas femeninas, la presidenta del Consejo Internacional de Mujeres. A Jeff se le da muy bien pasar desapercibido. No es uno de esos novios que te roban la atención. Siempre se coloca justo a un lado, para que el brillo de los focos le llegue bien. Así las cámaras siempre se preguntan quién es; se estiran para enforcarlo y él sonríe.

—¡Ari, estás guapísima! —dice la redactora jefe de *W.* Lleva un vestido agresivo de lentejuelas. Hombros de tipo Elvira, escote a lo St. Pauli Girl y pedrería en forma de matador.

Detestas que te digan que «estás» guapa. Es cruel. «Esta noche, con ese vestido, el peinado y el maquillaje profesionales, casi pasas por una de nosotras. Estamos orgullosas de ti. Bienvenida, aquí tienes un poco de lechuga».

Eres la segunda persona más importante que hay aquí esta noche. Irradias esa mezcla consumada de notoriedad y servicio público que hace falta para alcanzar la gloria en Estados Unidos. Nunca gustarás más que ahora. Caes minuto a minuto, por supuesto, pero nadie quiere derribarte todavía. El final llegará, sí, pero entonces podrás huir a Grecia o a Lituania. Podrás suicidarte.

Por ahora, has llegado. ¡Mira qué teatro! Pronto estará lleno de mujeres rotas con vestidos de cuatrocientos dólares y monos de diez mil. La gama socioeconómica del estilo costero estadounidense. Ves a una mujer que intenta compensar el acné con un vestido corto de color *beige*. Tiene unas piernas bonitas, pero jamás se librará de la agonía de su piel. Es tu hermana, pero ahora estás por encima de ella. Has acechado como una serpiente a la espera de este momento. De alcanzar la grandeza. No esperabas que tuviera que ver con él. Lo habías superado, no se lo contaste a nadie. Pero no es cierto. Si te quedaba alguna duda de que seguías atrapada, el lunes por la mañana desapareció.

Fue elegante, por supuesto, porque él lo era, de un modo sencillo, y probablemente la chica también lo sea. Marrón como un oso. Papel grueso. Letras blancas en relieve. «Reserva la fecha».

No es nada desproporcionado, nada de iglesias, nadie que lleve los anillos ni limusinas. Solo un grupo, copas y las personas a las que quieren.

«Las personas a las que queremos».

Como si fuerais amigos. Sí, habéis mantenido el contacto como amigos a lo largo de los años. Él había vuelto a Boston y a ti te gustaba que estuviera allí. Estaba a salvo de rubias en bikini. De dependientas con vaqueros blancos y baristas con camisetas de tirantes. Te ha felicitado por cada logro, la primera vez que apareciste en *Friedkin* y en la portada de *Wired*. Por supuesto, se emocionó aún más al verte en la portada de la revista *Boston*. Te envió una foto de la publicación expuesta en su nevera. Aquel día, sentiste calor en las entrañas, aunque solo comiste col rizada y manzanas.

La última vez que lo viste fue hace solo dieciocho meses, cuando volviste a casa para ir al funeral de Karl. Lo atropelló un coche delante del bar al que iba todos los jueves con sus amigos. Te emocionaste, pero no por los motivos que cualquiera pensaría.

Para el velatorio, tu madre se recogió el pelo en un moño apretado y se puso el vestido más negro que habías visto nunca. Nunca le contaste lo de Karl. O lo sabía o no. De todos modos, sabías lo que pasaría si la información venía de ti. Recordabas con dolorosa claridad el viaje que hicisteis a Destin, solas ella y tú, meses después de la muerte de tu padre y justo antes de Karl. Tenías doce años, odiabas tu pelo y estabas enamorada de Douglas Greenway. En la piscina de un motel anticuado, tu madre estaba tumbada en una hamaca, con un traje de baño de color esmeralda y unas grandes gafas de sol, con el cuerpo recto y en tensión de una manera que nunca habías visto. Te sentaste en la esquina de la tumbona azul, pero sin taparle el sol.

—¿Qué pasa? —preguntó.

Echabas de menos a tu padre, pero sentías que no debías decirlo. También echabas de menos al chico. Todavía no te quería, pero creías que merecías algo. Conocías muy bien a la gente.

—Echo de menos a Douglas.

—¿Le gustas siquiera? —dijo tu madre. Sabías que no te estaba mirando, aunque llevase las gafas de sol.

—No lo sé —respondiste con sinceridad. La semana anterior había ido al cine con Amber y su madre.

Estabas sorda por el agua de la piscina. Te habías pasado la mañana haciendo elevaciones de piernas en la parte poco profunda. Después, hacías el pino y esperabas que tus piernas tuvieran buen aspecto, a los doce años. Eran las tres de la tarde y pensabas en el tiempo que quedaba para irte a dormir, aunque a su vez temías a la oscuridad. Florida era todo almejas rosas y depresión, centros comerciales con tragaluces y exceso de palmeras. Gente mayor, blanca y sin trabajo. Además, estabas en la peor zona. Ese motel, esa ciudad, que no era Miami. Un pólipo en un zurullo. El azul de la piscina era un azul barato. Tenía un tinte a orina. El sol también era barato.

Tu madre respiró por la nariz. Llevaba bebiendo *bloody marys* desde el mediodía. El último se había aguado hasta ser un agua roja picante. El hielo se había derretido. El apio parecía caliente.

—Espero que nunca tengas un hijo —dijo por fin—. Tendrás celos de sus niñeras.

Nick llamó el día que aterrizaste. No quiso venir al funeral, pero te invitó al Fisherman's Feast. Esto fue justo antes de que te catapultases a niveles intergalácticos, antes de que alcanzaras los diez mil seguidores. Tenías un bronceado bonito, llevabas una gorra de los Cubs y recordabas cuando solo recorrer unos pasillos de masa frita con el pelo encrespado y un novio era suficiente. Era fornido y de ensueño, y acogedor como las pizzerías en octubre. Pensaste que siempre sería así. Podríamos tener un hijo y muchos septiembres.

—¡Tripas! —gritó un músico callejero—. ¡Recién llegadas!

—¿Nos das un kilo? Poco hechas.

Arrugaste la nariz y él salió corriendo. El músico te miró y te enseñó un trozo de estropajo rubio y tierno.

Lo alcanzaste y le diste un puñetazo en el brazo. Estaba duro y presente. Recordaste la primera vez que lo rompiste. Cuando pasó de hacerte reír a asegurarse de que te había hecho reír. ¿Karl ayudó? Sí, lo hizo.

Más tarde, mientras caminabais por Beacon bajo un sol de color *bourbon,* dijiste:

—¿Por qué Edible Arrangements sigue teniendo escaparate?

Llevabas todo el día planeando preguntarle si quería ir a cenar. Te sentías nerviosa, pero optimista. Habías comido perfectamente. Un plátano. Tres lonchas de pavo finas como la piel de serpiente. Sin embargo, por lo demás, no te habías preparado.

—Ese tipo de esperanza me parece hermosa —respondió.

Dejó de caminar y te miró. Te preguntó si estabas bien. Se refería a lo de Karl. Su obsesión por cómo te afectaba lo ocurrido con él era como una canción de Bruce Springsteen.

—¡Oye! —dijiste—. ¿Te acuerdas de nuestra vida en Los Ángeles? ¿Alguna vez piensas en esos días?

—Joder, claro que sí. Éramos tóxicos de cojones.

—También éramos la hostia, creo.

Se rio y levantó el ancho cuello hacia el sol.

—Es una locura, ni siquiera nos imagino… Ya sabes, en la intimidad. Creo que siempre estuvimos destinados a ser los mejores amigos.

Te revuelve la gorra. El cielo se torna negro. Se te fue la cabeza por completo. Te ardía la cara. Te sentiste blanda y débil. No había forma de volver atrás en el tiempo e impedir que dijera esas palabras que ya nunca dejarías de oír. Se te revolvieron las tripas. Te alejaste corriendo de él, antes de cagarte encima. Corriste todo el camino hasta casa.

Esa noche cenaste con tu madre: pastel de carne congelado y magdalenas de funeral que habían traído mujeres que nunca habían perdido a nadie. La silla de mediados de siglo de Karl vacía en la mesa, todo sin calentar y terminado.

Volviste a Los Ángeles por la mañana, tres días antes. Como siempre, te reagrupaste. Aceleraste el plan. La decisión burbujeaba como un pez negro en tu sangre.

«Ser más guapa», escribiste en lo alto del panel de proyectos.

Pero no era posible, así que te convertiste en todo lo demás.

Karl te había dejado 250000 dólares. La verdad, te pareció correcto. Era un buen precio. Hiciste crecer tu empresa en un 1,5 %. Contrataste a Jennifer. El programa de Netflix llegó sin esperarlo. Un hombre con voz sabia te llamó y te lo ofreció y, de la noche a la mañana, te convertiste en la sensación que eres ahora.

Todo iba viento en popa. Había un plan en marcha, tanto heurístico como mágico. Ibas a perder siete kilos y a volver a ver a Nick en Navidad. Había un cierto nivel de éxito que haría que no pudiera rechazarte. Había un cierto peso en el que te vería atractiva.

Entonces, la semana pasada, recibiste la invitación.

La buscaste en Facebook. Es la hermana pequeña de Gordon, un amigo de Nick. Joven, menuda y con el pelo de color miel. Has escuchado antes esa forma de describir el pelo y te parecía trillada. Sin embargo, el pelo de esta chica era, efectivamente, del color de la miel. Se había graduado en Harvard hacía solo dos años; tú ni siquiera habías entrado. Haces clic en las fotos disponibles. Una en la que sale con un sujetador deportivo y unos pantalones de yoga de color berenjena. Le gusta correr. Le gustan las zapatillas Adidas y el *Atlantic Monthly*. Le gustan Jean-Luc Godard, George Eliot y Prince.

Pelo como la miel. Pelo leonado. Usó la frase «Rosa de Damasco» en un pie de foto. No es divertida, pero tampoco es tonta. Uno de sus hermanos es piloto. Sus dos padres están vivos.

Como tiene un perfil privado y Nick no tiene Facebook, tuviste que esforzarte para encontrar fotos de los dos. Buscaste en la cuenta de la novia de Gordon. Ahí encontraste oro. Un fin de semana en parejas en una casita en el bosque, una de esas escapadas de modernos. Ella lleva unos pantalones de chándal negros grandes y suaves y la sudadera de él. Ella vestida con unos vaqueros y una camisa de cuadros. Ella asando un malvavisco con un vestido de punto negro y un chaquetón de tartán. La luna es un hueso en forma de agujero. Él la mira en todas las fotos.

Te masturbaste con esas fotos, con la cohesión de su nueva felicidad y tu antigua felicidad, ahora truncada. Entonces, porque necesitabas más, entraste en YouPorn, seleccionaste la categoría «Romántico» y la subcategoría «Follar bonito». Allí encontraste a una preciosa chica francesa con el pelo color miel en una granja iluminada por el sol que cortaba manzanas con una camisa de cuadros. Un hombre se le acercaba por detrás.

Después de correrte, contemplaste el suicidio a la manera aburrida y solitaria de las mujeres insatisfechas y egoístas. Pero eso fue la semana pasada. Te has reinventado (¡otra vez!). ¡Mira qué teatro!

Karl sudaba sobre ti. Se esforzaba tanto que acababa empapado. Debían de ser los nervios. Se dejaba los zapatos puestos, por si acaso tu madre llegaba a casa y él tenía que salir por patas. Así que te concentrabas en los zapatos, que chocaban con tus propios pies desnudos. Unos Bucs de color ciervo. Como un colegial. Muy limpios, nunca habían visto una gota de lluvia.

Ahora vas a darles las gracias, por este premio y por tu éxito, a las mujeres maltratadas y violadas del mundo. En realidad, a todas las mujeres, porque no habría sido posible sin ellas y por creer en un futuro colectivo para las mujeres. Y les vas a contar lo que hizo Nick. No saldrá por la tele, pero, mañana, todos los medios de comunicación se habrán hecho eco de ello. No lo nombrarás, aunque darás suficientes detalles para que sus allegados lo reconozcan. Seguramente, la chica lo haga. No piensas en su madre. No piensas en las cosas que plantó para ti.

Cosas que no vas a mencionar de aquella noche psicodélica en el hotel Beverly Hills.

No hablarás de los besos.

La forma en que tus caderas se levantaron para encontrarse con las suyas.

La forma en que le agarraste el culo con más fuerza que nunca, porque te sentías a salvo en la espesura de la droga.

Que deseaste haber estado dormida, que deseaste poder dormirte durante cualquier momento que tuviera que ver con él.

Que fue la mejor noche de tu vida. El mejor sexo, con cualquiera, incluso con él. Porque, en la oscuridad, te sentiste amada y deseada, más de lo que lo querías y deseabas.

Que ambos estabais drogados, sí, pero no te forzó. Nunca te obligó a nada. Lo único diferente fue la forma en que te deseaba. Como si fuera la primera vez que te deseaba de verdad, tanto o más de lo que se preocupaba por ti o sentía lástima o amistad por ti.

Cómo por la mañana le dijiste, en broma:

—¡Anoche me violaste!

—No tiene gracia —te dijo.

—¿Porque te podrían arrestar?

—No, Ari —dijo. Pronunció tu nombre como alguien que te quería, pero que no estaba obsesionado contigo. Como alguien que podría cuidar de ti para siempre, si estuvieras dispuesta a vivir en negación.

—Por favor, quiero fingir que no existe.

—Un día dejará de hacerlo —respondió.

Esa mañana, comisteis bayas rojas y negras en el soleado patio del bungaló y leísteis juntos el periódico, pero el miedo ya se había abierto paso y se había sentado en el banco de hierro forjado a tu lado, como tu propio amante fantasma que nadie más veía. Vivías anticipando el día en que Nick se marcharía, un pozo en el estómago que ni siquiera te hacía sentirte llena. Sabías que lo haría. Así que decidiste dejarlo a él primero. ¿Creería alguna de estas mujeres esta noche que, de todas las cosas que te habían pasado en la vida, incluidas la muerte de tu padre y las sesenta y siete veces que un hombre con zarcillos por pelo te azotó, abrazó y penetró en contra de tu voluntad, dejar a Nick fue en realidad la más difícil de todas?

La presidenta del consejo te presenta y subes al escenario al ritmo de «No Scrubs» de TLC. Jennifer está de pie en la tercera fila, ataviada con un mono esmeralda y los brazos cruzados para darse importancia, mientras todos los demás aplauden. Se ha colocado al lado de una modelo argentina que sale con el hombre más *sexy* de América. Como el resto, Jennifer es una «follaestrellas». Cree que la gente que sale en una pantalla es más valiosa que ella. Tal vez tú sepas más, pero no eres mejor. Has aprendido que lo único superior a la familia es la gente que gana dinero con tu éxito. Te hace alcanzar las estrellas. Todos necesitamos a alguien a quien complacer.

Jeff aplaude con fervor al otro lado de Jennifer. Está muy elegante y su barba parece pintada a esta distancia. De repente, no sientes nada al pensar en él. No sientes ni el más mínimo deseo. Por el contrario, siempre has deseado a Nick. Incluso en los momentos de efervescencia justo después de un orgasmo. Siempre te ha costado correrte con un hombre, pero nunca con él. Cuando lo de Karl, pero antes de que llegara Nick, te imaginabas tu clítoris tirado en un suelo de cemento, atropellado por las ruedas de una bici. Se regeneraba y volvía a parecer vivo, pero su alma estaba destrozada y sangraba pequeñas lágrimas de color rubí en las aceras frente a la casa de tu padre.

Entonces, Nick hizo que te corrieras desde el corazón. No necesitabas nada más.

Todas estas mujeres te escucharán, porque tienes toda su atención. Porque les has mostrado cómo conseguir a un hombre, así que ahora puedes mostrarles cómo ganarse a sí mismas. Es el momento de cambiar las tornas. Hay que redirigir los caminos de la fama cada seis meses para seguir siendo relevante.

Será algo bueno. Las mujeres se liberarán de sus propias masturbaciones y sus propios «solo la puntita, solo un minuto», sus propios depredadores, cabrones y maridos de madres con los zapatos puestos.

Aun así, te permitirás tener esperanzas. Incluso después del programa de esta noche, cuando el clavo ya esté en el ataúd, por así decirlo. Como el jabón envuelto en el cuarto de baño, que siempre guardas para una tarde soleada. Tal vez, algún día, si el mundo se vacía de zombis y todas las cosas que no deberían importar dejan de hacerlo, entonces se lo dirás. «Lo siento. Lo siento».

Llorarás en su pecho. Renunciarás a la fama, al dinero, a la casa sobre el mar, al coche plateado y frío.

¿A qué diablo le has prometido tu alma? Ya no es una promesa. Ahora la tiene. La ha convertido en una fiebre rosa, como el algodón de azúcar. Es demasiado tarde. Mira el teatro. Mírate los zapatos de tacón de cristal, que cuestan novecientos dólares. Tócate el pelo perfecto, que huele a hoteles elegantes.

Imagina, si quieres, el futuro. Tienes suficiente dinero para imaginar cualquier desarrollo y considerarlo posible.

En el futuro, te colocará el pelo detrás de las orejas, como hacía antes, con los dedos grandes y gráciles, y te dirá que todo va bien.

Lo entenderá. Comprenderá que estas personas no se compadecerán de ti por lo que hizo tu padrastro. O lo harán por una noche, pero después pensarán que eres asquerosa. Pensarán lo mismo que tú has pensado a menudo de ti misma.

En la ducha, cuando te frotas los muslos. Tu padrastro te hizo codiciar el jabón, te hizo querer desprenderte de las paredes corrompidas de tu útero.

Pero Nick era un hombre y los hombres de verdad perdonan. Mira a tu novio allí, inútil y vestido de Armani. Es posible que Nick sea el único hombre bueno de Estados Unidos, pero nunca iba a pasar, a menos que hicieras estos millones de cosas terribles. Miras este arcoíris de rayón y en tu cabeza te lo repites como un mantra. Como una serie de cerraduras que por fin encajan. Como pisar dos veces dentro de un cuadrado y saltar tres grietas. ¡Gracias a Dios que nadie puede ver dentro de tu cabeza! Te aclaras la garganta para liberarte del dolor y los nervios inútiles y te diriges al auditorio de mujeres arregladas:

«Damas y caballeros», dirás.

Los Ángeles seguirá siendo para ti. También Boston. Tu madre por fin te escuchará.

«No pasa nada —susurrará Nick, al otro lado de esta noche sin luna—. Puedo soportar el golpe. Será nuestro pequeño secreto».

Él te mirará por primera vez como si fueras una bailarina y no una luchadora y dirá:

«Porque eso es lo mucho que te quiero».

CUARENTA
Y DOS

Joan tenía que estar guapísima.

Esta noche había una boda en el puñetero Brooklyn repleta de personajes que comían carne «de la granja a la mesa» y hablaban de avena cortada con acero, como si ellos mismos hubieran inventado el acero. En Nueva York, las cosas que odias son las que haces.

Practicaba deporte al menos dos horas al día. Los lunes y los martes, que son los días más amables para las mujeres mayores solteras, llegaba hasta cuatro. A las seis de la mañana, corría a su clase de *ballet* con calentadores y Lululemons negros de la talla 32. La clase consistía en un grupo de mujeres en cuclillas sobre una alfombra de color azul pálido. Sabes bien cómo son hasta que te conviertes en una.

———————————

Cuarenta y dos. De alguna manera eran mejor que los cuarenta y uno, porque los cuarenta y uno le parecían estériles. Practicó el sexo una vez el cuadragésimo primer año y le dejó el corazón vacío como una cáscara de almeja. Después de desnudarla, el tipo, un profesor calvo de la Universidad de Nueva York, la miró de una manera que le hizo saber que se había follado a una estudiante hacía poco, alguien que hablaba en susurros y con un culo de categoría, con la cabeza llena de Virginia Woolf y de esperanza, y que se sentía disgustado por la bajada de listón. Con valentía, se recompuso, la inclinó y se la folló de todos modos. Le pellizcó los huesudos pezones y lo único que sintió fue cómo clavaba la mirada en la pared de delante.

La razón por la que el principio de la semana es mejor para las mujeres solteras mayores es que el final consiste en anticiparse a las cervezas Rolling Rocks en salas ruidosas. Joan sabía que la anticipación era para los más jóvenes. Y los fines de semana, a partir del jueves, las chicas jóvenes salen a la calle con camisas de flores de Topshop y bolsos pequeños. Llevan botas de montar baratas porque no importa. Las van a desear de todos modos. Los borrachos las acariciarán mientras Joan intenta pedir un *gin-tonic* a una camarera que la ignora o a un camarero que la mira como si fuera un billete de diez dólares.

Sin embargo, los lunes y los martes, las mujeres mayores gobiernan la ciudad. Se rocían las gargantas roncas con vino brisado en Barbuto, mientras la luz otoñal que entra por las ventanas de garaje ilumina sus mechas de color berenjena. Comen pulpo a la brasa con patatas al limón y aceite de oliva. Tienen una cantidad constante de uvas sin pepitas en sus neveras silenciosas.

De cerca, la piel de los hombros y el escote de Joan era pecosa y un poco áspera. Usaba la crema de Santa Maria Novella y su baño de azulejos de estilo subterráneo parecía un anuncio de alguien que volaba mucho a Europa. Cuando pasaba más de una semana desde que se había hecho la pedicura en invierno y más de cinco días en verano, se odiaba a sí misma. Lo bueno de Joan era que no estaba en negación. No quería que le gustara el pulpo a la brasa ni poder pagarlo, pero le encantaba y podía. El único problema puntual era que a Joan le atraían los chicos más jóvenes. No excesivamente jóvenes como los de veintidós años. Más bien de veintisiete a treinta y cuatro. La palabra «asaltacunas» es para idiotas, pero, sin embargo, la llevaba marcada en el flanco del tríceps.

Ahora Joan sabía lo que había que hacer. Por ejemplo, no era una de esas mujeres mayores que se quedaba la última en un bar de gente joven. No comía en sitios en los que no tenía reserva o no conocía al gerente. Durante la última década, había pulido su orgullo como una colección de armas. Ya no guiñaba el ojo.

Por las tardes iba a una clase de TRX o de *power* yoga o practicaba *kickboxing*. De vuelta en casa, antes de acostarse, hacía un centenar de zancadas caminando por su piso con una pesa de tres kilos en cada mano. Hacía fondos de tríceps apoyada en el borde de su cama de teca. Se ponía unos pantalones cortos negros de deporte. Le quedaban bien, sobre todo de lejos. Tenía las rodillas arrugadas, pero los muslos firmes. O tenía los muslos firmes, pero las rodillas arrugadas. Su felicidad diaria dependía de cómo ordenara esa frase en su cerebro.

En una pequeña caja de madera sobre la mesita de noche, guardaba una reserva especial de seis porros meticulosamente liados, porque la última vez que se había acostado con alguien con regularidad, él tenía veintisiete años y tener buena hierba en tu casa es una razón más para que el chico venga, además de un buen colchón, buen café y productos de buena calidad en un baño limpio. En tu casa, las toallas huelen a fideos rancios, pero en casa de Joan las alfombras no tienen pelos ni mocos secos. El lavabo huele a limón y la asistenta te dobla los calzoncillos. Acostarse con una mujer mayor es como tener una casa de vacaciones de fin de semana.

Además de a las chicas jóvenes, Joan también envidiaba a las mujeres que se levantan a las tres de la mañana para hacer cosas porque son incapaces de trabajar cuando el mundo sabe que están despiertas. Tienen como seis piernas que les salen de las rodillas. Se lo dijo a su psicóloga y ella le respondió que «no había nada que envidiarles»; sin embargo, a Joan le pareció detectar una nota de orgullo en la voz de la mujer, que estaba casada y tenía tres hijos pequeños.

Esta noche había una boda y tenía que estar guapísima. Tenía que ir a la peluquería, hacerse la cera y la manicura, exfoliarse y teñirse las pestañas. Debería haberlo hecho ayer, pero no había sido así. Necesitaba cinco horas y solo tenía cuatro. Necesitaba unas mejillas frescas y sin pelo. La horrorizaba todo lo que le hacía falta en un día para llegar a la noche sin odiarse. Sabía que no era la única. En Manhattan, todo giraba en torno a satisfacer necesidades. Sí, siempre había sido así, pero en los últimos tiempos parecía que ocupaban tanto espacio en el cerebro que una mujer apenas tenía tiempo para subir una foto a Instagram cubriéndolas por completo. El tinte de pestañas, por ejemplo. Hoy en día, si tienes un rollo de una noche, no puedes ir corriendo al baño por la mañana para ponerte rímel. Se espera que ya tengas las pestañas negras y gruesas como orugas. «Trátate bien», dicen los carteles en la puerta de Sabon de camino a Organic Avenue. Pero Joan sabía que, si te tratabas bien, acababas gorda.

El chico de veintisiete la pilló arrancándose un pelo negro y enjuto de la barbilla, como un pez que se saca el anzuelo de la cara. La puerta del baño estaba entreabierta y vio por el rabillo del ojo cómo era testigo de su degradación. Fue la última vez que se quedó a dormir. Follaron sin cambiar de postura una vez más dos semanas después, pero no se quedó a pasar la noche ni le volvió a escribir. Recordaba con un cariño amargo la ensalada de pollo de Dean & DeLuca que le preparó para comer un día y cómo se la llevó para después como alguien que se tira a más de una mujer a la semana. Cuanto menos la deseaba un hombre, más le provocaba un cosquilleo en la vagina. Era como un pez que intentaba freírse a sí mismo.

Veintisiete. Cuando Joan tenía veintisiete años, empezó a despertarse con el miedo a la sequedad, la alarma biológica que salta a las cuatro de la mañana en apartamentos bonitos. El tic tac tic tac salado de los óvulos que eclosionan y se secan de inmediato al impactar dentro del algodón asfixiante de un Tampax Super Plus. Se despertaba sudada a causa de un clima irlandés, sintiéndose sola y recibiendo invitaciones de boda de chicas más feas que ella. Deseaba estar enamorada más de lo que deseaba tener hijos. Con todo, a Joan le había ido mejor en su carrera que a casi todos los que conocía. Por ejemplo, había empezado a sacarse jugadores de la NFL del sombrero durante la Semana de la Moda, mientras sus amigas dejaban envoltorios de Orbit en las últimas filas del desfile de Stella McCartney.

Podría haber tenido un hombre y una carrera. No es que eligiera una cosa por encima de la otra. Ninguna mujer escogería una carrera por encima de tener las pastillas recetadas de un hombre en su botiquín. Pero a Joan no le atraía nadie a quien ella le gustase. Los chicos que le gustaban eran en su mayoría inteligentes y poco atractivos, y ella quería a alguien atractivo. Incluso le habría parecido bien alguien gordito y atractivo, pero esos estaban todos pillados. Tenían treinta y cuatro años y salían con chicas de veinticinco con sujetadores de aro y frentes sin arrugas. El problema era que la generación de Joan pensaba que tenía tiempo para esperar. El problema era que se equivocaban.

———

Treinta y cuatro. Cuando tenía treinta y cuatro años, salió con un hombre de cuarenta y seis que llevaba camisas de la marca Saks, tenía las mejillas hundidas y llevaba el dinero enganchado con una pinza. Comían en la barra de grandes restaurantes todas las noches, pero luego se acostó con un rudo camarero del LES, y lo hizo sin condón a propósito. Sus amigas llamaban al hombre de cuarenta y seis Mr. Big. «¿Qué le pasa a James? Es fantástico», le decían, de una manera que significaba que nunca querrían tirárselo. El camarero le contagió la gonorrea, algo que ni siquiera sabía que seguía existiendo, y la hizo sentirse más vieja que los chicles de Nicorette masticados por su madre que se habían quedado en su viejo Volvo, congelados en el tiempo y colocados como figuritas de animales de porcelana en miniatura en forma de focas y conejitos. El mismo Volvo que Joan aún conservaba, porque tener un coche en la ciudad suponía que podías suicidarte de manera gentil si lo necesitabas. Si pasa algo horrible, tienes un coche con el que puedes largarte. Esta noche había una boda y tenía que estar guapísima porque estaba enamorada del novio. Era el tipo de amor que la hacía sentirse vieja y peluda. También la hacía sentirse viva.

Era un actor de treinta y dos años. La primera vez que se fijó en él fue al otro lado de la sala, en una fiesta, porque era tremendamente alto. Tenía pinta de adulto, pero también era un crío. Se le daba bien beber cerveza y jugar al béisbol. Ese aura juvenil de Bambi que la hacía sentirse mal, era algo que ahora comprendía que Mr. Big no tenía. Le debía de gustar estar mal de alguna manera. A todo el mundo le pasaba, pero a ella le gustaba un poco más que a la mayoría.

Él estaba en el bar, así que ella se acercó. Caminaba contoneando las caderas por detrás y con las tetas bamboleando por delante. Había aprendido a caminar así en una clase de baile en barra a la que había asistido antes de que una morena despampanante de veinticuatro años con el flequillo oscuro y definido se apuntó, y hasta las demás mujeres parecían querer follársela. ¿Por qué otras mujeres de su edad eran cómplices de apreciar la juventud?, se preguntaba Joan.

Pidió una Hendrick's porque era lo que bebía cuando intentaba que un chico más joven se fijara en ella. Una mujer mayor bebiendo Hendrick's sola era un escenario un poco Gatsby. Hacía que los hombres se sintieran como Warren Beatty al beber junto a una.

—¿Así que Hendrick's? —dijo él, como esperaba. Algo bueno de tener cuarenta y dos años era que sabía suficiente de la vida como para predecir cualquier conversación en una fiesta.

Jack también se había fijado en ella desde el otro lado de la habitación. Llevaba un vestido grueso de crepé rojo, como los que se ponen las mujeres de su edad para jugar en la misma liga que las veinteañeras con faldas de American Apparel.

—Hendrick's siempre —había dicho con voz ronca mientras se acercaba el vaso frío a la mejilla bronceada como una vendedora. Una mujer mayor con ganas de sexo tenía un punto muy caliente. Se la imaginó en la postura del perrito. Sabía que tendría los muslos superdelgados y además estaría un tanto estirada, por lo que follársela sería un ejercicio astronómico, como si se metiera entre dos largos árboles en un oscuro sistema solar y no sintiera más que humedad y aire morboso.

Eso había sido ocho meses antes. Había pasado un verano entero, y los veranos en Manhattan son los peores si estás soltera y enamorada de alguien que no te corresponde. Si eres mayor y estás soltera y el hombre más joven del que estás enamorada no tiene Facebook, pero su novia aún más joven sí.

Se llamaba Molly y tenía como cien hermanos. Su juventud era brutal.

Joan se enteró de lo de Jack y Molly por Facebook. Se sintió como una anciana acosadora mientras hacía clic en los perfiles de los amigos de Molly y los recorría en busca de alguna foto diferente de Jack. Él no tenía Facebook, lo cual a Joan le encantaba.

De jueves a sábado, Joan jugueteó con el pelo recurrente que le salía bajo la barbilla y diseccionó la vida de Molly con el ratón. Encontró información, lo único que toda mujer quiere. Parte de esa información le revolvió las tripas y le desmenuzó los intestinos hasta convertirlos en el contundente picadillo de mollejas que pedía en la Gramercy Tavern. Por ejemplo, descubrió que unos meses antes, cuando Jack la había invitado a una inesperada cena un viernes por la noche, había sido porque Molly se había ido a Nantucket con unos amigos. Vio fotos de tíos rubios peludos como los de Abercrombie y de una chica de pelo castaño en un barco, más fresca que una niebla de Tulum. Se enfadó muchísimo. Luego se tomó un Ambien, arropado como a un niño en la cama, y se recordó a sí misma que ni siquiera tenían una aventura.

Lo máximo que había pasado era que se habían besado.

El beso había ocurrido en The Spotted Pig, en la tercera planta secreta, donde Joan había asistido a la fiesta de un famoso productor y le había mandado un mensaje a Jack para ver si le apetecía pasarse. Se trajo a su amigo Luke, que la miró como si supiera a qué le sabían los pezones.

Joan bebió Old Speckled Hen y no se emborrachó, y Jack bebió *whisky* hasta que se volvió un poco más egoísta de lo normal. Llevaba un vestido lencero, Luke se marchó con una chica de veintidós años y Jack le puso una mano grande en el muslo de seda. Entonces ella le agarró la mano y le deslizó el pulgar bajo el suave borde del vestido. Él se empalmó a medias y la besó. Le lamió con la lengua los puntitos de la de ella, quien se sintió como si tuviera dieciocho clítoris y ninguno funcionara.

Un mes más tarde, Jack le echó valor y decidió declararse a Molly. Compró un anillo antiguo que era barato, pero que parecía elegante y considerado. El tipo de anillo que encontrarían en el puente de Florencia por cuatrocientos euros y con el que podrían fingir que viene de París. Planea un fin de semana en Saratoga. No sabe que no es interesante. Nunca ha perseguido a las mujeres. El padre de Molly tiene un velero con el que salen a navegar en Cabo. Por lo menos, tendrá un lugar de veraneo para toda la vida. La primera mañana en Saratoga, recibe un mensaje de Joan.

«Hola, chato. Fiesta del libro con bufé libre de marisco en los Hamptons. Habrá un par de directores que te puedo presentar. TIENES que venir sí o sí».

Molly estaba en la ducha. Estaban a punto de salir a cabalgar. Le dieron ganas de darle un puñetazo a algo o de follarse a una tía un poco guarra. Su rabia se manifestaba de maneras extrañas. No le gustaba ser así de codicioso y querer estar siempre en el lugar adecuado en el momento indicado. Molly cantaba a los Vampire Weekend en la ducha. Tenía el pelo castaño y una piel sin restos de maquillaje. Se imaginó a Joan con un vestido de raso de color crema y unos labios pintados de rojo que lo llamaban desde una playa espumosa llena de escritores.

Joan se alojaba en una casa de Amagansett, con un camino de baldosas moteadas hasta la playa. La ropa de cama de la habitación tenía dibujos de viñas y uvas. Lo más horrible que le daba a toda la casa un tono deprimente era la cantidad de veces que había cambiado «debes» por «deberías», hasta al final decantarse por «tienes que», en el mensaje. Luego lo puso en mayúsculas. En la habitación, pensó en el mosto de la uva mientras se ponía crema en las piernas y rezaba a las perfectas nubes para que Jack viniera. Quería que le metiera los huevos. Lo deseaba más que nada en la vida.

«Sé feliz en todo momento», decía un letrero de madera desgastada, comprado en una tienda, que había en el pasillo que conectaba el dormitorio de Joan con el del agente inmobiliario corporativo cincuentón que intentó acostarse con ella todo el fin de semana.

Un cuarenta por ciento de Jack había decidido activar el plan B, que consistía en salir volando del hotelito que había reservado con el descuento de Jetsetter y mandarle un mensaje agitado a Molly desde la carretera para decirle que había pasado algo y que por la noche le daría una sorpresa.

Llevaban seis años juntos y ella lo había visto traer una botella especial de Barolo, así que se lo esperaba, por tanto, ¿qué problema habría en inventarse una historia en la que un colega tenía que llevarle el anillo recién comprado a Saratoga, pero se había liado en el trabajo? Era el mejor tipo de mentira, porque Molly sabría con seguridad que solo tenía que esperar una noche más por el anillo. Pero entonces una oleada de algo que sospechaba que era desinterés lo invadió, así que respondió:

«Lo siento, chica. Estoy en Saratoga, en el otro extremo de las zonas veraniegas de Manhattan. No sabes cuánta pena me da...».

En su habitación, con el triste olor de la vela de Diptyque que había comprado por si él venía, Joan se metió en Facebook, algo que se había prometido que no volvería a hacer. Entró en el perfil de Molly. Odiaba que los hombres usaran los puntos suspensivos. ¿Por qué los usaban?

«... porque en realidad no me importas una mierda...».

Cuando alguien lleva varias semanas sin cambiar nada en su perfil y de repente aparece una nueva foto de portada con un anillo en el dedo encima de una mesa iluminada con velas, a otro alguien le dan ganas de suicidarse. Es una capacidad de Facebook.

Joan llamó a su psicóloga de urgencia, sentada en el suelo de la habitación con decoración de uvas mientras bebía un vaso de vino tinto en verano.

—Me estoy tomando la segunda copa de vino desde que hemos empezado a hablar —le dijo.

—De todos modos, deberíamos colgar ya —le respondió, pero Joan miró el reloj y eran las 8:26, así que les quedaban cuatro minutos y quería matar a todo el mundo. Quería acabar con el *wheaten terrier* de su psicóloga, que lloriqueaba de fondo, como un recordatorio de que otras personas habían formado una familia mientras ella comía en todos los restaurantes con una puntuación de más de 24 en Zagat.

Molly tenía veintiséis años. La edad perfecta para comprometerse para una chica.

Jack, a los treinta y dos, tenía la edad ideal para sentar la cabeza. No se había precipitado como sus amigos, que se habían lanzado a los veinticinco a por chicas a las que claramente iban a engañar con mujeres como Joan, de la que sabías por su pintalabios que hacían mamadas húmedas y suplicantes. Todo con Molly era maravilloso. Ni siquiera protestaba. De hecho, cuando se mudaron a vivir juntos por primera vez, le había pedido que aspirase los suelos de madera, pero él no lo había hecho todavía, así que sabía que ella aspiraba y fregaba el suelo. Sabía que, si su padre se enteraba de todo lo que limpiaba, se enfadaría, pero también era consciente de que Molly quería que a su padre le cayera bien, más incluso de lo que necesitaba gustarle a ella.

El día de una boda siempre se trata de tres personas. El novio, la novia y la persona más enamorada del novio o de la novia.

Tras quince años sin fumar, el día de la boda, Joan fuma. A los quince años, empezó a fumar y a maquillarse. A los veintiocho, empezó a desmaquillarse, sobre todo los ojos, con paños de lino fino. A los treinta y seis, trataba cada paño de lino fino como algo desechable y usaba uno cada dos días. Así se sentía codiciosa, rica y segura. Se sentía vieja.

Jack está muy nervioso. También está emocionado por la atención, aunque el convite será pequeño. Se hará en Vinegar Hill House; una gran cena después de que Molly y él firmen los papeles en el ayuntamiento. Molly le ha pedido que no se afeite porque le encanta su barba. Él piensa en los votos que han escrito a mano. Está emocionado por pronunciar los suyos.

Joan aparta el exfoliante en favor del tinte de pestañas. La cara es más importante que el cuerpo cuando nadie va a hacerte el amor esa noche. Sin maquillaje, su cara es del color del requesón. Se fuma cinco cigarrillos antes de las nueve de la mañana y el requesón se vuelve gris, como si lo hubieran metido en sal marina. A mediodía, ya ha fumado diecisiete. Va por el cigarrillo número veinte y piensa que quizá debería llevar el coche. Lleva siete años queriendo sacar el coche. No deja de posponerlo. Cuando tenía veinte años, su padre le dijo que podía hacer cualquier cosa. Le dijo que no se precipitara a nada. Que el mundo la esperaría.

———

Veinte. Cuando Molly tenía veinte años, asistió a una clase llamada «Jane Austen y las solteronas». Se le quedó grabada. Hoy se prepara sola, en el piso que comparte con su futuro marido. Se arregla ella misma el pelo, largo y castaño, y lo adorna con un halo brillante de ramitas, bayas y caléndulas que consiguió en la cooperativa. Está desnuda. El sol entra por las ventanas que nunca están limpias e ilumina la guirnalda. Parece un ángel.

Se coloca el vestido de escote ojal de color marfil sobre el pálido cuerpo. Ve sus grandes pechos en el espejo antiguo que compraron el fin de semana que se prometieron. Al descender por su cuerpo, una etiqueta del interior del vestido le araña la carne de la teta izquierda. La etiqueta dice: «Cornwall 1968». Compró el vestido en una tienda de segunda mano en Saratoga. Todo ese fin de semana fue mágico.

Sesenta y ocho. Su abuela y las dos hermanas de su madre murieron a los sesenta y ocho años por complicaciones del cáncer de mama. A su madre la diagnosticaron hace dos años, a los cincuenta y ocho, así que, desde entonces, Molly pensaba mucho en lo que era una década. Diez años. Ahora le parece bien que los dos últimos no hayan sido perfectos. Les quedan ocho. Su madre es de esas que siempre tenía *brownies* preparados. Quiere tanto a su padre que no los imagina separados; no visualiza a su madre bajo tierra y a su padre encima.

Se pone unas botas de vaquero, unas simples Frye rojizas que han pasado por Montana, Wyoming y Colorado, saltando por boñigas de caballos y arroyos salmonados. El vestido le llega hasta las pantorrillas, que son preciosas. La última vez que se puso las botas fue en un fin de semana en un rancho con sus amigas, un mes antes de conocer a Jack. Se acostó con uno de los vaqueros con las botas puestas en un granero que olía a heno poco usado a la luz de la luna y él se corrió dentro; Jack nunca lo ha hecho. El vaquero le acarició el pelo durante una hora después de que terminaran. «Si alguna vez decides que la gran ciudad no es para ti, ven a verme. Estaré aquí», le dijo. Tenía un nombre tonto de vaquero y llevaba una corbata de bolo y sus amigas se burlaron de ella sin descanso. Nunca se había sentido más segura. Ahora, cada vez que huele el heno, piensa en la bondad.

Desde los siete años, Molly ha medido su cariño por alguien en función de si le dejaba o no mocos en el suelo. Con esa edad, una vez durmió en casa de su prima Julie y esta se negó a dejarle un osito de peluche concreto para dormir, incluso después de que Molly llorara y suplicara, incluso después de que la madre de Julie, que ahora había muerto de cáncer de mama, le pidiera que le dejara el oso a su prima, pero no le mandó a su hija que lo hiciera, solo se lo pidió. Así era cómo se creaban los monstruos.

Molly lloró tanto esa noche que se le llenó la nariz de mocos. Por la mañana, estaba menos triste que amargada. Las lágrimas se le habían secado como rastros de caracol en las mejillas y tenía la nariz llena de dolor calcificado. Se limpió las fosas nasales con su dedito infantil y dejó caer los resultados, como un granizo suave, uno por uno, sobre la alfombra del dormitorio de Julie. También se dejó los pañuelos, escondidos bajo la mesita de noche.

También era posible invertir la prueba y medir cuánto te importaba alguien en función de si te lo imaginabas dejándote mocos en el suelo.

Molly caminó las tres manzanas que separaban su piso de Vinegar Hill House. No había limusinas para esta novia, ni damas de honor que le sostuvieran la cola. Lo haría todo ella misma. Cuando sus padres se la ofrecieron, rechazó la ayuda financiera. El dinero de su padre la haría menospreciar a Jack.

Cuando se acerca un momento importante, lo mejor que una puede hacer es imaginarlo cuando ya haya pasado. Como cuando un fin de semana con amigos llega y se va, y tú te alegras cuando todos se marchan a casa, pero, más tarde, ves una foto vuestra en un barco a motor con sudaderas rojas y azules, mientras sonreís con los ojos entrecerrados por ese sol que no broncea de septiembre y piensas que a lo mejor ese día fuiste más feliz de lo que creías.

El restaurante está preparado para la boda. Los tarros de cristal para los cócteles, las alfombras de arpillera, las largas mesas de madera y las servilletas de tela de toalla. Las cuñas de pan tostado grueso esperan en las tablas de cortar desnudas, a la espera de su matrimonio con el queso. Las votivas en tarros redondos y la kombucha de barril. La ceremonia tendrá lugar en la terraza, el oficiante será un amigo paquistaní con barrigón del novio y será más corta que la vida de un chicle.

Los votos de Molly son sencillos e inespecíficos. Siempre había pensado que sus votos matrimoniales con el hombre de sus sueños serían muy concretos, sobre cómo se preparaba los cereales, las flores que robaba de las rejas de Park Slope, los hábitos sin importancia que tenía y que le molestaban y su maloliente obsesión por los rollitos de arenque. Jack no pasaba la aspiradora. Había pensado incluirlo en los votos y entonces le dio pereza.

Durante los últimos dos meses, Molly no dejaba de encontrar pañuelos. Jack no pasa la aspiradora, así que ella se encuentra los pañuelos arrugados, como copos de nieve cutres, en las esquinas detrás de la cama, en el lado de él y también en el de ella. No es mera dejadez. Es el triunfo de su indolencia frente a su amor por ella, y es deshonesto. Ella también tiene sus mentirijillas. Le pide a Jack que no se afeite porque debajo de la barba está demacrado y cetrino y parece el actor al que nadie contrataría en el que su padre le aseguró que se convertiría.

Veintiséis años es la edad perfecta para Molly. Piensa en los seis años que ha pasado con Jack y los ocho que imagina que le quedan con su madre. Piensa en la inminente ceremonia de seis minutos y en los cuarenta y tres en los que el vaquero se la folló sobre el heno, durante los cuales se corrió y volvió a correrse entre el mugido de las vacas de fuera y el silbido del humilde viento de Colorado. El éxtasis de la hierba, la violencia de la leche. Al contemplar la abundancia de la boda ante ella y sentir el peso de la corona de flores en su pelo, sabe que habrá cientos de personas, si no miles, que se sentirán celosas, pero no las conoce. Susurra el nombre del vaquero a las velas apagadas como una niña de iglesia, al pan desnudo y a las pequeñas margaritas en los tarros de cristal. Invoca el nombre y este, como el recuerdo de un momento antes de que se convierta en leyenda, la libera lo suficiente para pensar lo que ha pensado durante diez mil segundos, durante cien mil millones de años, lo que todos pensamos cuando por fin conseguimos lo que queremos. Al final, la forma correcta de hacer algo puede ser la forma incorrecta. Por suerte o por desgracia, ambos caminos conducen a Roma.

Joan está de camino, en su coche. Entonces, le llega un mensaje de Jack.

«Hay un mensaje secreto para ti en el discurso que daré hoy. Shhh…».

Jack está de camino, en un taxi. Le envía el mensaje a Joan. Como hace un par de años que no tiene trabajo, se siente bien al escribir algo que sabe que será de gran ayuda para su carrera. Es como como una hoja de Excel. Piensa en cómo se le ocurrió cambiar «reconocimiento» por «mensaje secreto», porque sonaba más cálido. De camino a su boda, se maravilla de lo fácil que es manejar a las mujeres. Si supieran el poco tiempo que pasamos pensando en ellas y lo mucho que sabemos que piensan en nosotros. ¡La cantidad ingente de horas que una mujer dedica a los hombres! En estar guapa para ellos. En teñirse las cejas y todo eso. Al final, da igual que tengas veintiséis años. Siempre habrá alguien que tendrá dieciocho y una vagina más pequeña. Jack se alegra de no ser una mujer, aunque sea actor.

El motor del Volvo está encendido en Manhattan y hay una boda en Brooklyn. Por fin, Joan ve los puntos suspensivos como lo que son. Lo ve claramente.

En el restaurante, mientras unos cuantos camareros mexicanos la observan con auténtica atención y admiración, Molly pronuncia el nombre del vaquero como si estuviera presente, como aquel día en el heno. Se lo dice al ramo de flores silvestres de dentro de una lata de avena irlandesa McCann's que hay en la mesa de la tarta de boda. Como Blancanieves hablando con las criaturas del bosque, se inclina y les dice su nombre a los irónicos saleros de pájaros y abejas, y ninguno responde, ni cobra vida. Se desanima, pero se recompone, porque aún queda un resquicio de esperanza, como el de la lata de avena que te corta el dedo si no tienes cuidado.

En la distancia, ve a Jack, aunque él a ella no. Lo ve entrar en el local, acicalarse el pelo y alisarse la barba en el reflejo de una ventana sucia. Es el momento. Todo son momentos. Te comprometes a un curso de vida, a un ciclo de tratamiento, pero nada dura para siempre, ni lo bueno ni lo malo. Molly, que se siente más guapa que nunca, se ajusta las caléndulas del pelo y piensa: «Cuarenta y dos». Si muere a los sesenta y ocho, como todas las mujeres con el pecho quemado que la han precedido, solo le quedarán cuarenta y dos años.

GENTE GUAPA

Cuando se enteró de que la modelo bosnia de pelo enmarañado y ojos azules había muerto —sobredosis de heroína, en Miami—, Jane sonrió. La modelo, Petra, tenía un hueco entre los muslos a través del cual se veía el mundo entero, desde el lago de Garda hasta Prokoško. «Una chica guapa menos», pensó Jane. Era su día libre. Había caminado más de cinco kilómetros hacia el norte, desde Orchard Street, en el Lower East Side, a través de los sesenta. El sol había salido y también los indigentes, que hacían que se sintiera afortunada.

En la Segunda Avenida, entró en una zapatería deprimente y luego se dirigió al oeste, donde se detuvo en varias tiendecitas de alimentación. Compró cosas que pesaban poco y que sobrevivirían al viaje de vuelta al centro de la ciudad: anchoas enrolladas alrededor de alcaparras arrugadas y un paquete de barritas de sésamo blanco. Se bebió un botellín de Sanbitter, de color rojo brillante, como la sangre fresca.

Descubrió la buena noticia en un Le Pain Quotidien en Lexington. Era principios de otoño, y hacía la temperatura de los bocadillos de jamón. Se sentó fuera y pidió un té Brussels Breakfast. Con el móvil, entró en el concurso *HGTV Dream Home*. Era el iPhone más actual y pensó en todas las cosas que no merecía y en todas las que sí.

Revisó el Twitter de M.B. «Acompaño en el sentimiento a la familia y los amigos de Petra. Muchos corazones se han roto».

Comprobó el anuncio que había colgado en Craigslist. «iPhone 6 Plus 128 GB, color oro. 375 dólares». Había una oferta.

«Cuánto si estás dispuesta a enviarlo por la noche a Jamaica, NY 11434».

Dejó el teléfono. Llegó el té. De camino a la mesa, se había derramado un poco de la tetera al platillo. La camarera no se disculpó.

Jane necesitaba dinero y pensó en el Fischl. El cuadro había llegado a ella de la manera en que lo hacen las cosas a veces. Por medio de hombres ricos con escrotos caducados. No era uno de los Fischl más grandiosos. No era el famoso cuatro con la dama tendida en la cama y el cuerpo retorcido y el chico que la mira mientras le roba el dinero del bolso. Piezas como esa se vendían por casi un millón. No, el de Jane se llamaba *La bienvenida.* En primer plano, en una playa, apoyada sobre el codo, una mujer de mediana edad toma el sol desnuda, con el culo al descubierto de cara al espectador, las líneas de bronceado del biquini marcadas en contraste con la piel enrojecida por el sol y el pelo castaño recogido en dos coletas sueltas, sensuales y ligeramente inapropiadas para su edad. Saluda a un hombre de mediana edad, casi calvo, que camina hacia ella por la orilla del agua. Es de hombros anchos y brazos poderosos, con unos pectorales bonitos, pero una ligera barriga y viste unos estilosos pantalones cortos negros. Quienes están al fondo son también hombres de mediana edad, con barrigas notables. Un hombre lleva gafas, otro tiene una toalla colgada al cuello, como si tuviera frío. La espalda de la mujer está flácida, pero bronceada y atractiva; transmite un cierto descaro. La arena es dura. El mar parece bravo. «Todos los que aparecen en la foto beben vino bueno por las tardes —pensó Jane—. Un buen vino blanco».

Podría venderlo fácilmente por unos cuarenta mil, pero nunca se lo había planteado de verdad. Si lo vendía, sería el fin.

Volvió a ojear el Instagram de la modelo muerta.

Petra ataviada con un vestido blanco mojado en una playa caribeña y un osito de peluche con un corazón que dice: «Joder, qué buena está esta zorra».

Petra con unas botas Frye, en bragas y una chaqueta de cuero, sentada en el capó de un Jeep Wrangler mientras fuma un cigarrillo. Las piernas diminutas y bronceadas separadas. Cuatrocientos veintidós comentarios.

En el desierto, con una camisa de franela, el gesto arrugado, el pelo enmarañado, con una cerveza Pabst en la mano y mirando al horizonte.

Con trenzas africanas, levantando un plato de comida mexicana.

En Halloween, como Martha Kelly de *Baskets*. Jane se maravilló ante ese club de mujeres guapas que en Halloween se ponían vestidos de abuela o un maquillaje espantoso, como si dijeran «ya soy guapa todos los días del año, pero esta noche voy a esconderme para que tú puedas brillar».

Después, un *selfie*. En la cama de un hotel, con una media sonrisa. Papel de carta en la otra almohada, doblado y colocado de forma que solo se leía el saludo. «Querida Petra». Había una margarita junto a la nota. Pie de foto: «Mi amigo secreto».

Jane vio esa foto la semana pasada. Llevaba meses estudiando las publicaciones de Petra. No era algo serio; la modelo era demasiado tonta para él, demasiado drogadicta. A pesar de todo, su relación era más que follar. Ella era un ave nocturna. Sórdida y hermosa. No tenía la suficiente clase para un lugar como San Sebastián, pero, dondequiera que estuviera ese hotel, con la margarita, él la había llevado allí. Tal vez fuera Londres, que también era sórdida y hermosa.

Cuando Jane cambió al perfil de Instagram de él, se quedó boquiabierta.

Era una foto de *La bienvenida*. Antes de que perteneciera al hombre que se lo dio a Jane, había estado expuesto en una galería del SoHo, y la modelo muerta se había sacado una foto delante, más joven, pero no necesariamente más *sexy*. O se la había sacado él.

«#tbt a cuando la vida era más sencilla. "Quisiera ser así de *chic*", dijiste. "Esta mujer sabe de qué va la vida"», decía el pie de foto.

Jane no había soltado un grito ahogado en toda su vida, ni siquiera cuando recibió la llamada (padre, pistola, fin). Agrandó la imagen con los dedos. Estudió las esquinas. Distraída, se palpó un grano que le había salido en el omóplato.

———

Al día siguiente, Jane caminó hacia el oeste, con unas zapatillas nuevas y un vestido amarillo pálido. Hacía un calor húmedo, pero los bodegueros seguían vendiendo panecillos con mantequilla, que se derretía en un líquido que inundaba cada rincón del pan.

El plató de la película estaba en Bedford Street, una casa de piedra rojiza con un patio pintoresco y una pequeña prisión de pizarra y hiedra. El West Village sustituía poco a poco a Prospect Heights. El otro día rodó una escena de una fiesta en el jardín, en el patio, en la que el marido y la mujer entretenían a los padres de la amiga de su hija pequeña. Pinot Grigio y alevines. Las dos actrices infantiles, de diez y once años, se morrearon para hacerse un *selfie* mientras empezaba a llover.

Esta mañana tocaba una escena de desayuno, y estaba solo él. Él, Jane y otras diecisiete personas que podrían haberse muerto, que deberían haberse muerto. Si ellas murieran, entonces estarían solos él, ella, los taxis y los vagabundos, no tendría elección.

En Bedford se acercó al camión de atrezo, una furgoneta Mercedes Sprinter. Le dio a Ricky, el conductor, el visto bueno para que empezase a descargar. Estaba sentado en la acera, fumando. Guardaba todas las llaves colgadas de un mosquetón que llevaba enganchado a la trabilla de los tejanos caídos. Su mirada era descarnada y Jane odiaba estar a solas con él, incluso en una calle de la ciudad.

—Necesito las cosas de la sección C —comentó. Se le daba mejor decirles qué hacer a los hombres que a las mujeres.

Ricky asintió y le guiñó un ojo amarillento. Jane sabía que había hombres que solo querían follársela cuando la tenían delante, mientras que otros pensaban en ello varias veces al día. También era consciente de que era lo único disponible en el plató. Las mujeres del equipo eran viejas y patagónicas, o más viejas y envueltas en químicos. Había dos actrices atractivas en la película, una rubia y otra pelirroja, que subían la temperatura para todos, pero los tíos como Ricky, como el controlador de la grúa y el director de fotografía y todos los demás bichos raros y pringados, sabían que no tenían ninguna posibilidad. Olían a cerveza, comían enchiladas y hablaban de viejos juegos de arcade y de porno fetichista. Ni siquiera fantaseaban con las actrices. Durante el descanso, mientras el sol se enfriaba y Manhattan centelleaba con posibilidades de violaciones, cócteles y OpenTable, los hombres accedían a Tinder, miraban a Jane y enviaban mensajes como «¿qué haces después?». Los veía al otro lado del salón de la casa de piedra rojiza, con los móviles en gruesas fundas de OtterBox, sostenidos con agudeza bajo sus tripas.

Jane pasó por delante del servicio de *catering:* piñas en cuencos de plástico blanco, triángulos de queso *cheddar,* demasiados tomates ciruela. Subió los escalones de plasma hasta la estrecha casa adosada de ladrillo de estilo neogriego. Jane odiaba a los propietarios: una pareja de artistas con un gusto exquisito a la que no conocía. Los padres de la mujer les habían comprado una casa de siete millones de dólares en una gran manzana fantástica. El marido usaba quesos de triple crema para hacer las tortillas de los niños y la mujer insinuaba que todo era gracias a sus litografías. Ambos escribían obras de teatro.

El interior estaba adecuadamente protegido, con alfombras negras sobre el suelo de madera y cartón ondulado en las paredes. La mesa japonesa para la ceremonia del té, que ocupaba casi toda la longitud de la sala, estaba cubierta con una manta azul aislante. Todos los demás muebles estaban envueltos en papel de burbujas y apiñados en las esquinas. Jane siempre ha creído que los miembros de un equipo de rodaje serían unos asesinos competentes.

El único plano interior que rodaban ese día era el del rincón del desayuno de pizarra, donde M. B., que interpretaba a Ben Coates, se preparaba un batido de SuperGreens y lo sacaba al exterior. Como directora de atrezo, Jane se había encargado de cambiar la Vitamix de los propietarios por la que ella había comprado la semana pasada.

«He visto que tenéis una Vitamix». Jane le había enviado un correo electrónico a la mujer una semana antes de que empezara el rodaje. «Nos vendría muy bien usarla, solo una vez, para un batido de verduras y quizá algunos arándanos».

«Uf», respondió la esposa treinta y seis horas más tarde. «Seb y Noodle son alérgicos a casi todas las frutas de vid. Aunque se lave bien, podrían quedar residuos. No vamos a arriesgarnos. Lo siento».

Ese día, Jane también estaba al cargo de la ropa de M. B.: unos caquis de color óxido y una camiseta blanca. La diseñadora de vestuario, Nicole, había intentado liberarla de la tarea.

—No me importa ocuparme de la ropa. De todos modos, es cosa mía —dijo Nicole el primer día de rodaje. De hecho, le guiñó un ojo y añadió—: Será un placer.

—Ya, gracias —respondió Jane—. Pero es mi responsabilidad traerla y conservarla. No puedo arriesgarme. Lo siento.

Jane durmió con la camiseta blanca la noche anterior. Se duchó y se la puso sobre la piel húmeda. Sin bragas. Se metió en la cama y se frotó los pechos con el material y se tocó. Era una talla grande, así que podía metérsela entre los muslos, como un pañal.

A las diez, ya había llegado la gente más importante. Trib, el director, con auriculares y patillas, estaba entre los monitores mientras tomaba un té *matcha*. Iba al trabajo en una Citi Bike desde el hotel Greenwich, donde también se alojaba M. B. y donde hasta la lluvia era más hermosa.

Jane estaba en la mesa de fuera. La asistente de dirección, una divorciada malhumorada, le entregó un bote de plástico de superverduras de Organic Girl y le dijo que quitara las hojas que se habían puesto malas. Podrían haber hecho que un becario comprase otro bote por 3,99 dólares, pero los platós de cine eran tacaños con ciertas cosas. Así que Jane se sentó a pelar las hojas húmedas de color verde oscuro de *tatsoi* y a separarlas de las secas. La clorofila se le acumulaba bajo las uñas.

En el altavoz, sonaba «Private Conversation» de Lyle Lovett. Tenía veinte minutos para arreglarse en el baño antes de que él llegara. Cuando se ponía nerviosa, sus poros soltaban más grasa, así que se tomó un descanso de las hojas y se sacó un papel secante del bolsillo de los tejanos. Tamborileó con el pie al ritmo de la música, se apretó el papel en el lateral de la nariz y lo miró, transparente de grasa. Oyó un sonido y se volvió.

Así era Dios. Así era la vida. Te jodía y no con la casualidad de un cáncer.

Había llegado pronto.

Hay lobos, zorros y perdices blancas, hay agentes y hay mujeres a las que puedes pagar para que te den una patada en las pelotas con la punta afilada de un zapato de charol, que les has comprado con ese fin expreso. Hay políticos que son famosos. Hay actores conocidos y luego hay hombres que no solo son guapos y encantadores, sino que han nacido con algo más. La intimidad de la *pashmina* y unos ojos verdes capaces de masturbarte.

—Jane —dijo, como si supiera que ella se alegraría de oírlo pronunciar su nombre.

67

Ella se levantó de golpe, dobló el papel secante en dos y lo arrugó en el puño.

—¡Hola!

Sonrió y se sentó en la mesa de teca con un termo grande. El sol era lo que puede ser cuando es solo para ti.

Se recostó en la silla y estiró las rodillas hacia delante. Juntó las manos. Él era la élite y ella, un camión de alquiler. Era un cuadro cutre que pinta una ama de casa mientras bebe Chablis en un barrio residencial de Nueva Jersey. Árboles borrosos y una luna poco realista. Cuélgalo en la habitación del segundo hijo y suicídate.

—¿Quieres un café? —preguntó él—. Iré a por un par de tazas.

Supuso que no volvería, pero lo hizo, con dos tazas de viaje del color del cielo del planetario. Sirvió café negro en ambas y le pasó una a Jane.

—Siento lo de Petra. Tengo entendido que erais amigos. —A Jane se le daba bien decir cosas que otros eran demasiado anglicanos para decir.

—Sí, gracias. Sí, estábamos unidos. Aún no me lo creo.

Bajó la mirada. Jane se imaginó a la modelo muerta arrodillada entre sus piernas. Se preguntó si, cuando dos personas con un atractivo estelar follaban, lo harían de forma más sosa. Como Barbie y Ken, con suaves golpes de plástico, sin apenas fluidos y el pelo limpio.

—¿Te gusta esta canción? —le preguntó.

—Me encanta Lyle Lovett —respondió ella.

—Es un buen tío. Nos conocimos en la despedida de soltero de un amigo en común, en Los Cabos. —M. B. comenzó a asentir con la cabeza al compás y a morderse el labio inferior. Lo olía. Nada abrumador. Si acaso, a lienzo y a perro limpio. Se dijo a sí misma: «¿Quieres follar?». Le dio la risa.

—¿De qué te ríes? —preguntó él, y se rio un poco también. Jane negó con la cabeza.

—Nada. No es nada.

Él era todo sexo. Del tipo que folla porque está de luto, o el duelo a medio fuego que se puede sentir por una chica que era un dobladillo deshilachado. Dios, pero Jane no era de las que se acostarían con alguien como él. Es más, ella lo amaba. Se gustaba lo suficiente como para amarlo, pero no era una ilusa. Medía uno sesenta. Las uñas le crecían como las de un niño y su pelo era rubio de Indiana, no de California. Con pantalones pitillo, sus piernas parecían puros.

—¿Qué tal el café? —le preguntó, porque no lo había probado.

—Lo tomo con leche —dijo ella, y se sintió como si estuviera montando en Motocross.

—Asaltaré la nevera de los artistas —contestó—. Espero que te guste la crema insípida.

Cuando se marchó, Jane se permitió unos segundos para estremecerse. En su vida había follado con diecisiete hombres y solo se había sentido atraída por uno de ellos, que, como comprendió después, le recordaba a su padre. Se había enamorado de varios famosos desde los trece años. Uno se había ahorcado mal y se había roto el cuello en el garaje de sus padres. «Yo te habría querido», le había dicho a su foto en una revista. Su rostro inquieto y los ojos grises y tristes. Se maravillaba de cómo su vida solo había ido a peor.

Cuando M. B. volvió con leche de cáñamo en un vasito blanco, no dejaba de temblar. Le preguntó si tenía frío. Estaban a 25 grados. Le dijo que California siempre era así, perfecta, amarilla, pero que le gustaba más Nueva York. Tenía el lujo de ser el hombre más atractivo en ambos lugares y ella ni siquiera quería ser una chica que consiguiera tenerlo. Quería ser él.

—¿Jane?

Era Nicole. Que no tenía motivos para estar allí.

—Ah, hola —le dijo a M. B.—. Muy buena escena la de ayer. La vi en el *playback*.

—¿Qué necesitabas, Nicole? —preguntó Jane.

—Los pantalones. Para arreglar un pliegue.

—Ah. Vale.

Nicole, que esperaba a Jane, no se movió. Llevaba un vestido de muselina, pesado y corto, y sandalias de gladiador.

Era gruesa y aburrida, y en ese momento Jane se sintió mejor de lo que había estado en mucho tiempo, aunque sabía que era artificial. Las mujeres entraron juntas en la casa. Jane abrió la cremallera de su bolsa de lona y sacó los pantalones caqui. Nicole señaló la camiseta que había dentro de la bolsa.

—Mejor dame los dos —dijo—. Ya se los doy yo después.

Jane negó con la cabeza.

—¿Por qué no? —preguntó Nicole—. ¿Qué pasa aquí? —Entonces, sonrió. Tenía la fría mano de color coral posada en la bolsa de viaje de Jane.

Jane no supo de dónde vino lo siguiente. Quizá del Cadillac de su padre, donde de niña se despertaba de una siesta en el regazo de su madre justo a tiempo para oír a su tía, sentada junto a ellas, decir que tenía la nariz muy grande para ser tan pequeña. Tal vez saliera de ahí, o de una acumulación de momentos.

—Me lo voy a tirar —dijo.

—¿Qué? Ni de broma. Todo el mundo quiere tirárselo.

—Sí, pero yo lo haré.

Cerró la bolsa y se la llevó fuera con ella. Estaba cansada de que la gente tocara sus cosas, de que le mirasen el móvil por encima del hombro. Estaba cansada de necesitar dinero. No tenía suficiente para un buen ataúd. Compró uno en overnightcaskets.com, con un interior de crepé rosa. El envío era gratuito y el representante de atención al cliente le dijo que las funerarias tenían que aceptar ataúdes de fuentes externas, sin importar lo que le dijeran. Era una ley federal.

M. B. ahuecó la taza entre las manos, como si estuviera sentado alrededor de una hoguera.

—¿Qué voy a ponerme hoy?

—Una camisa Nehru —dijo Jane—. Y estos pantalones de campana. Nicole va a añadirles unas cuantas arrugas.

—Qué.

Jane sonrió. Dio un sorbo al café con leche. Tenía los ojos muy abiertos. Estaba muy despierta.

Fueron los mejores quince minutos de su vida. Hablaron de montar a caballo en la playa y de que él estaba leyendo *Pequeños poemas en prosa*. Era inteligente, como lo son las estrellas de cine. Tenían acceso a todo y los empollones les tuiteaban libros, comían *sushi* minimalista, sabían tocar el piano y montar en moto y habían estado en localizaciones de zonas húmedas de Nueva Zelanda, sabían de seguridad ante terremotos y escuchaban música muy buena y nueva. De sí misma, Jane contó poco: que le encantaba el TRX, aunque hacía más de un año que no lo practicaba. Tenía la barriga blanda por comer demasiados *bagels*, pero al menos caminaba por toda la ciudad, y le habló de su bloque favorito, en Chinatown. Él nunca había estado allí. Seguía intentando encontrarle algo estúpido, algo aburrido. Cualquier laguna en sus conocimientos se rellenaba con su sexualidad, que irradiaba como una estufa. Era increíble.

El sol se había movido justo sobre su jardín de Bedford. Jane notó por primera vez las petunias en las macetas. Parecían niñas.

—¡Jane!

Era la ayudante de dirección, la imbécil. «Espero que tu marido se esté tirando a alguien dos décadas más joven que tú ahora mismo —pensó Jane—. Espero que esté muy feliz».

—¿Sí?

—¿Dónde está el cárdigan de Matt?

—¿El azul? Creía que no lo necesitábamos hasta mañana.

—Trib quiere hacer una recogida más tarde. Matt tenía verduras en los dientes. ¿Dónde coño está?

Toda la vida de Jane giraba en torno a la continuidad. Si el vestido que había llevado una actriz en una escena anterior estaba en el almacén de atrezo, Jane enviaría a un ayudante personal a buscarlo sin problemas, pero la asistente del director gritaría: «¡Teníamos que habernos ido a las ocho! Esa cabrona no volverá hasta las seis porque no sabe llamar a un puto taxi, lo que nos dejará con solo una hora de rodaje porque tarda una hora en prepararse». Jane querría decirle que no tardaría una hora en prepararlo si todo el mundo trabajara. Si los putos Ricky y Dante no se pasaran el tiempo mirando Venmo a ver si algún idiota que les ha comprado la Xbox les ha enviado un depósito.

Jane respiró hondo y dijo:

—Está en la tintorería. En Bleecker. Puedo ir a buscarlo.

La asistente de dirección suspiró. La había apaciguado, pero quería cabezas. Ese era el problema de las mujeres infelices. No solo querían que se resolviera el problema. Querían que todo el mundo muriera, incluidas ellas mismas.

—Te acompaño —ofreció M. B.—. Me vendrá bien un paseo. —A la asistente le dijo—: ¿Avisas a Trib? Volveremos a tiempo para la función.

Se marcharon como bandidos. Él se puso una gorra de béisbol y unas gafas de sol. Caminaban cerca y sus hombros se rozaban como si fueran niños de secundaria.

En Abingdon Market, él compró dos aguas de coco, de una marca especial y menos de cien mililitros cada una, y le entregó la abierta. Al cruzar Perry, le pasó un brazo por delante del pecho para protegerla de un coche que iba a toda velocidad. Lo reconocieron cuatro veces. La fama se las arreglaba para filtrarse a través de la ropa neutra y cara, las Ray-Ban y las gorras de los Yankees. La tintorería estaba en el lado bueno de Bleecker, con los toldos y los perros salchicha. Pasaron por Diptyque, Magnolia y Lulu Guinness. Señaló Marc Jacobs y comentó: «Una vez pedí trabajo allí. Me dijeron que el director contrataba a chicos guapos. Durante un tiempo, me dedicaba a ir a todos los sitios donde contrataban a chicos guapos».

—¿Así que no conseguiste el empleo? —preguntó Jane.

—No, sí lo conseguí.

Ella dijo que la aleatoriedad de Hollywood la destrozaba por dentro. ¿Cómo se las arreglaba él?

—No es justo —contestó—. Y nunca lo es, pero llega un punto en el que eres tú el que se beneficia de la injusticia.

—Así que tal vez, al final, se vuelva justo.

—Exacto.

A medida que se acercaban a su destino, una tremenda náusea hizo brotar la saliva detrás de sus muelas. No podía seguir viviendo con normalidad después de probar aquello. Recordó las fotos de él en Capri, en un restaurante llamado Aurora, con una actriz que entonces le había parecido demasiado simplona, por la que ahora quería llorar.

—Tengo *La bienvenida* de Fischl —dijo—. Hoy he visto la foto de Petra delante del cuadro en su Instagram.

Él se detuvo y se metió debajo de un toldo festoneado, fuera del tráfico de peatones. Jane lo siguió.

—No sé. Pensé. Tal vez. Si la hubiera conocido, si pudiera permitírmelo, se lo daría a su madre o algo así.

—¿Tienes ese cuadro?

—Sí.

Quería saber cómo, por supuesto. Cómo una directora de atrezo poseía una valiosa obra de arte. Cómo podía un Fischl vivir en el Lower East Side. La semana pasada, Jane se sentó en el suelo a comer granos de maíz de una lata y lo miró. «Necesito una pequeña retribución —pensó—. Algo que me impida hacer algo». Había mirado al Fischl en busca de orientación. Una pieza tan valiosa era mejor que ella. Supuso que sabía más.

—¿Y quieres venderlo?

—No había ido tan lejos. No sé qué hacer con él. Fue un regalo.

—¿Hace poco que alguien te lo regaló?

—No, hace un año. Dos años. Un año y medio.

—¿Y está…?

—En mi casa. Mi piso. En Orchard.

Asintió. Su cuello. Aunque le cortaras la cabeza, su cuello tenía lenguas y ojos propios.

—Tal vez podrías venir a verlo. A mi piso.

Dijo que estaba libre esa tarde. Anotó su dirección y su número de teléfono. Pasó una ambulancia. Todo el mundo moría. Jane lo sabía, pero en especial ocurría cuando estabas muy cerca de lo que nadie te había prometido. Sobre todo entonces.

———

Las cinco de la tarde. Antes del atardecer de finales de verano en Manhattan. Rosa como San Diego, azul y crema cisne como París. Sagrado si eres feliz.

Jane se duchó lo más cerca posible de su llegada. Se puso unas bragas blancas de encaje y un sujetador, un conjunto que había comprado en Journelle hacía meses. Aún tenía las etiquetas, y arrancó el plástico con los dientes.

Abrió una botella de Riesling y deseó poder beber vodka. Tenía una botella de Belvedere de edición especial para las fiestas, otro regalo. Estaba en el congelador con los guisantes eternos y las espinacas picadas. Sirvió el vino en un vaso con hielo y sonó un crujido. Fuera de su ventana, veía a unos hombres que trabajaban en el edificio de enfrente. Tenían los pantalones oscuros manchados de pintura. Pero no trabajaban. Se habían parado a mirarla. Llevaba solo unos tejanos y el sujetador. Pensó que no sería tan malo que la observaran así, no le importaría, si le pagaran una cantidad simbólica. Una moneda o algo así, como en un puesto de limonada. Iba por la calle todo el día, con el ceño fruncido, para que todos le recordaran que debía sonreír.

M. B. le mandó un mensaje para decirle que iba a hacer una parada rápida y que llegaría diez minutos tarde. ¿Tenía una sartén honda?

Introdujo su nombre completo en el teléfono.

Abrió la puerta rota de la despensa. No solo tenía una sartén honda, sino un juego de diez piezas de All-Clad. Nuevo, brillante. Era ahorradora. Lo bueno era que había estado guardando las ollas y las sartenes precisamente para una noche como esa. Colocó una olla y un cazo en el fuego con delicadeza. Las tapas tintinearon. De pronto, le pareció que los fogones tenían aspiraciones. Joder, estaba delirando. Temblaba. Fue a ver el Fischl. Comprendió lo que quería decir la modelo muerta con lo de desear ser esa mujer. Pero solo se la veía desde atrás. Así parecía tranquila, pero eso era fácil desde esa posición.

«Sí», escribió. En la pantalla, le pareció ver: «Sí, joder, sí».

Encendió su pequeño y viejo iPod, conectado a un pequeño y maltrecho reproductor, y puso su mezcla brasileña, que reproducía a menudo mientras soñaba con que aquello mismo sucediera. Lo había imaginado desde que empezó a trabajar en la película, incluso antes de que a él lo eligieran para el papel. La imposibilidad.

Mientras se movía al ritmo del atabaque, Jane se sintió más sensual que nunca. Sacó el jamón San Daniele que había comprado de camino a casa con los últimos veinte dólares que le quedaban de la semana y la *baguette* que había untado con mantequilla Delitia. No le había alcanzado para el queso.

Siempre pensaba en un tiempo futuro, dentro de cinco o diez años. Con una suma de dinero no desorbitada, pero sí cómoda, como el precio de un Bentley usado; bastaría para contratar a alguien que revisara las cosas de su padre, organizara todas las cajas del almacén que apenas podía pagar, examinara los trofeos de *hockey* sobre hierba y las muestras de pintalabios y le dijera que era hora de tirar el cuaderno de Historia Universal y las declaraciones de la renta de 2003.

Era más fácil decirle a la gente que algo era por dinero y no por amor. Podías mudarte a la otra punta del país por una pasantía mal pagada, pero no por un hombre que no te lo había pedido expresamente.

Sonó el timbre. Estaba abajo, a los pies de su mísero piso. Al lado había un local de encurtidos moderno. Todas las mañanas olía a orina y, por la tarde, a vinagre.

—Está buenísimo —dijo.

«Vete a la mierda», pensó Jane, porque ya lo odiaba.

Sostuvo una esquina de *baguette* con la mantequilla de limón de Parma. Masticó y caminó por el piso. Había llegado con una bolsa marrón de comida. *Ossobuco,* zanahorias, apio, pasta de tomate, caldo. Le dijo que cuando se alojaba en hoteles echaba mucho de menos cocinar. No le había preguntado si era vegetariana, pero lo hizo entonces. No lo era, pero se habría comido la ternera incluso de haberlo sido.

El Fischl estaba en el dormitorio. Las paredes de la habitación eran de color salmón y abultadas. El crucifijo de su padre colgaba sobre la cama. Por lo demás, solo había una cómoda negra. De alguna manera, allí no pasaba el tiempo, un burdel mexicano. Sin embargo, él podía follarse a cualquiera. Podría salir y tocarle el hombro a cualquier mujer, de cualquier edad, casada, lo que fuera. Las mujeres encontrarían el capó del coche más cercano.

—Te lo agradezco mucho —dijo mientras se echaba un paño de cocina al hombro y preparaba los ingredientes. Había cambiado el iPod de ella por su teléfono para poner un tipo de música que Jane nunca había escuchado antes. *Jazz,* rap, *blues,* soul y folk, todo a la vez. El artista cantaba sobre revolución, encarcelamiento y traición masiva. Imaginó paisajes caribeños descarnados y se sintió como un helado de vainilla caducado.

—¿El qué? —preguntó Jane.

—Que me dejes cocinar para nosotros. ¿Son nuevas?

—Sí, las compré hace unas semanas.

—¿Y aún no las has usado? ¿Comes fuera a menudo?

—Bueno, estamos en Nueva York —respondió Jane, y se sintió muy estúpida.

Estaba asegurando la ternera con hilo de cocina. Tenía las manos elegantes, pero varoniles. Se movía con gracia. Le dijo que tenía un título de *Ashtanga* y hablaron de ello durante un rato. Para dejar de mirarlo, se concentró en la ternera cruda. Dos trozos, del tamaño y la forma de corazones humanos, que olían a menstruación.

—¿Cuántos años tienes? —dijo. La pregunta me chocó. Era más joven que él, pero demasiado mayor. Cuando repasaba la historia de su vida, le daba la sensación de que había pasado en un instante de tener prohibido jugar con cerillas, jugar con *Barbies* y hacer rebotar pelotas rosas de goma sobre las tabas, a follar.

—Veintinueve —dijo. Tenía treinta y uno.

Él asintió. Metió unas ramitas de tomillo en la carne jaspeada.

—¿Y tú?

—Treinta y seis. Joder. Voy a cumplir treinta y siete en poco más de una semana.

—Treinta y seis es una muy buena edad para un hombre —respondió ella. Con treinta y siete ya eres viejo.

Le gruñó el estómago. No se había dado cuenta del hambre que tenía. M. B. fingió no oírlo. Le habría gustado grabarlo mientras se movía por la cocina, porque era incapaz de disfrutar del momento. Era surrealista. Llevaba los pantalones más suaves que nunca hubiera visto. Lo deseaba a múltiples niveles. Quería jugar con él a Candy Land. Quería que la devorase. En un acto de autosabotaje, pensó en la modelo muerta. Piernas de araña. Rímel solitario.

—¿Quieres ver el Fischl? —dijo.

—Después de cenar —respondió, como si viviera en un edificio de varias habitaciones.

El *ossobuco* tardó cuarenta y cinco minutos. Dijo que normalmente le llevaba una hora y media, pero que lo había acelerado. Temperatura alta, tapas cerradas. Había trabajado de segundo chef en su ciudad natal en Nuevo México. La frase sobre la aceleración de la cocción probablemente la corroyó más que las dos horas del velatorio de su padre.

Comieron en la mesa pequeña y endeble. Había un trozo de papel de cocina doblado debajo de la pata más corta. Él le dijo que le enseñaría un truco mejor para eso. Que lo traería «la próxima vez». Ella recorrió el curso de esa frase, subió por el dosel hinchado del Amazonas, hacia las nubes, y luego volvió a bajar al río caliente y serpenteante.

Se bebieron la botella que ella había abierto. Él no había traído ninguna. Se preguntó si no lo había hecho porque esperaba que ella tuviera, al menos, tres botellas encima de un microondas. O porque no había planeado alargar la noche.

Lavó todas las ollas y las secó. El paño de cocina sobre su hombro era lo más erótico que Jane había visto nunca.

—Siento haberte rayado una de las sartenes —dijo—. Ha sido por no tener una espátula de goma.

—La culpa es mía por no tenerla.

Miró detrás de ella.

—El Fischl está por aquí —añadió Jane, sin volverse. Lo condujo al dormitorio. Se colocaron uno al lado del otro y lo miraron. Sus hombros no se tocaban, pero ambos querían. Sintió una conexión totalmente desconocida. No era amor, pero se acercaba lo suficiente.

—Es precioso —comentó él, al fin, y se volvió para mirarla. Tenía los ojos empañados por el deseo. Ella separó los labios a propósito. Pensó en la diseñadora de vestuario más que en cualquier otra cosa. Cuando estaba con un hombre, pensaba en otras mujeres. Hasta que el hombre se iba, no pensaba en él. Se preguntó si sería la única que era así. M. B. se inclinó y la besó. Fue el tipo de beso con lengua que solo se ve en la pornografía. Pero más pulido. Era una estrella de cine y besaba como tal. Y olía a ello, como una nada divina.

Jane había olvidado que, cuando el sexo era bueno, se desplegaba como un muelle. Se deslizaba y encontraba su propio camino. Se trasladaron a la cama. Se besaron como adolescentes durante un rato que le pareció muy largo, pero que en realidad fueron solo cinco minutos. Los vaqueros le apretaban. Se los desabrochó y se los quitó mientras decía «me aprietan demasiado los pantalones». Él se rio y respondió que los suyos también, e hizo lo mismo. Se desnudó por completo, como un dios. En el cuello llevaba un collar de cuentas de madera, que se quitó y dejó con cuidado en el suelo. Ella se quitó la camiseta y exhibió el conjunto blanco que había comprado, precisamente con aquella fantasía en mente. Él posó la boca entre las piernas de ella y fue de lo más cinematográfico. Jane se sacudió y él dijo: «Ay, cuidado, casi me sacas un diente».

Eso hirió sus sentimientos más de lo que habría imaginado. Pensó en la última mujer con la que se habría acostado. ¿Habría sido la modelo muerta? Pensó también en la próxima a la que se llevaría a la cama, que sería más guapa que ella.

Subió y se alineó con ella. Era enorme. Un amigo suyo le había dicho una vez: «Nunca le digas a un tío que tiene la polla grande. Nunca».

—Dios —dijo—. Joder.

Se rio.

—¿Estás limpia? —preguntó.

Ella abrió los ojos de par en par.

—¿Lo estás tú?

—Sí —respondió—. Pero si te pone nerviosa.

Señaló la cómoda negra.

—El cajón de arriba —le dijo.

Él se acercó y sacó un condón. Lo desplegó, pero solo le cubrió la mitad.

—Ostras —soltó ella. Él se encogió de hombros, sonrió y la besó mientras se la metía, un centímetro cada vez. Lo que ocurrió durante la siguiente media hora solo lo recordaría en ráfagas de color de rosa. Fue como una película, de esas bonitas de porno blando que son menos sexuales y más legendarias. Las primeras quinientas veces que entró, fueron como una primera vez. No había ninguna droga ni ningún hombre en la tierra como aquel. La modelo lo sabía. Tal vez esa era parte de la razón por la que estaba muerta.

Después, se levantó y miró por la ventana. Verlo desnudo de cuerpo entero fue demasiado. Volvió a ponerse el collar de cuentas y estiró los largos brazos bronceados. Los trabajadores del otro lado de la calle no estaban por ningún lado. Era un poco más tarde de la puesta de sol. Jane estaba bajo las sábanas.

—Ha sido increíble —dijo—. ¿Sabes esa sensación de conocer a alguien y al instante ser consciente de que será increíble?

Ella asintió y tragó aire.

—Joder —exclamó, para darle énfasis. Después, recogió su reloj—. Tengo que irme. Se supone que he quedado con Trib en el hotel.

Recogió sus vaqueros, los dobló y los dejó encima de la cómoda. Había sido su padre y no su madre quien había hecho la colada en la casa de su infancia. Quiso decírselo.

Después de vestirse, volvió a la cama y la besó a fondo.

—No te levantes —le pidió—. Quédate.

Lo dijo como si permanecer allí en una tumba de plumón mientras él salía al mundo fuera su sueño.

—¿Te parece bien si vuelvo mañana? Me gustaría comprar el cuadro. Mi agente tiene que hacerme un cheque.

Jane puso cara de terror.

—¿Te parece bien? Quieres venderlo, ¿no?

Visualizó los rollos de billetes de cincuenta y de veinte. Abastecerse de pasta, cientos de tubos de *bucatini* y latas de *pomodori pelati,* por si no ganaba dinero durante un año. Podría comer espaguetis todas las noches, beber vino y abrigarse.

—Sí —dijo por fin—. Sí, quiero venderlo.

—Estupendo. Jim Harris está valorando el precio. Quiero hacerte una buena oferta. —Le guiñó un ojo. Ella asintió. Salió por la puerta momentos después.

———————————

Por la mañana, los hombres volvían a trabajar. Estaba desnuda, pero no se sentía estirada ni asquerosa. Solo vacía, enamorada. Era peor así. Sin embargo, había cambiado para bien. Miró a los hombres que limpiaban las ventanas y pintaban las cornisas. No solo eran pobres como ella, sino que sus esposas nunca habían follado con una estrella de cine. Había lugar para la esperanza.

Era sábado y su barrio estaba a rebosar de chavales con mochilas negras. Jane sabía que pasaría todo el día preparándose: afeitándose, depilándose y pintándose las cejas. Sin embargo, durante la primera hora de la mañana, se quedó en la cama. En el teléfono, que tendría que haber pagado hacía cinco días, leyó un artículo titulado «Treinta veces que dos famosos no acabaron juntos». Buscó escenas de M. B. besando a mujeres en películas y se masturbó con ellas. Tuvo que rebobinarlas y reproducirlas varias veces, porque las películas eran todas para mayores de trece y ninguna de las escenas duraba lo suficiente. No se duchó y deseó que él no se hubiera puesto condón. Solo le quedaba el rastro reseco de la goma dentro de ella en lugar del suyo.

Más tarde, en la calle soleada, compró un café frío con cubitos de hielo de café. Pagó con monedas de veinticinco y cinco centavos. Los destellos de los dos follando revoloteaban por su cerebro como anuncios subliminales. Una escena, en particular. M. B. suspendido sobre ella, diciendo: «Abre la boca». Luego le escupió dentro. Una gota caliente, redonda y clara de él cayó en la parte posterior de su garganta. Sus moléculas se fusionaron, la saliva de él se unió a la de ella. Anoche no se sintió como un truco. Se sintió bien y aún lo hacía. Cerró los ojos e imaginó una iglesia de color hueso en Nuevo México. Todo lo que había vivido hasta la noche anterior le parecía la vida de alguien que no se daba cuenta de que un día envejecería y moriría.

Pasó por delante de un quiosco ambulante donde un hombre vendía juguetes de plástico: perros enmarañados que daban volteretas y redes para mariposas con asas verdes polvorientas. A la entrada de su edificio, un indigente se tosió en la axila. Una vez arriba, Jane contó las pastillas que le habían dado en el hospital. Lo hacía una vez a la semana. Era similar a la superstición de no pisar una grieta o pasar por debajo de una escalera.

A las tres, no le había escrito ni llamado. Se comió dos rebanadas de pechuga de pavo vieja entre galletas saladas rancias. Bebió té verde y puso el móvil en vibración, bocabajo, sobre la mesa de la cocina. Luego fue al dormitorio, hizo la cama y volvió a salir para comprobar el teléfono. Después lo metió bajo una de las almohadas y se fue a la ducha. Abrió un bote de exfoliante de pomelo que había comprado hacía seis meses. Se limpió entre los dedos de los pies. Volvió a mirar el teléfono y tenía una llamada perdida. Se maldijo, pero entonces vio que era de Verizon y se echó a llorar. Al final, le llegó un mensaje de la asistente de dirección para decir que ayer había sido el último día de rodaje en Nueva York. Trib quería rodar el resto en la casa de la playa de Malibú. Ya no necesitarían a Jane, pero le pagarían hasta la semana siguiente. Pensó en la estrella de cine de la que se había enamorado cuando tenía trece años. Pensó en su cuello al romperse como el fino hueso de un pájaro. Pensó en su padre y lo echó de menos más que nunca, y se odió a sí misma porque no lo había echado de menos en absoluto el día anterior.

Sonó el timbre. Corrió, desnuda, hacia el intercomunicador del color del ramen.

—Hola —dijo M. B., a través de la pelusa y el aire—. Estaba por la zona y se me ha ocurrido pasar. Espero que no te importe.

—Sí, claro, sí. —Le abrió y corrió al baño a ponerse rímel. Tenía los párpados hinchados y azules. Se visitó con una sudadera suave y unos pantalones cortos.

Él llamó a la puerta y le abrió, sin aliento. Llevaba ropa de correr.

—Acabo de salir de la ducha —dijo ella.

Pasó a su lado.

—Espero no molestar.

—No.

—El funeral en Estados Unidos es mañana. La madre de Petra vuelve a Mostar el lunes.

—Ah.

—Es una ciudad medieval muy bonita. Mostar. Hay un puente antiguo que te deja sin aliento.

—¿Has estado?

—Sí, fui de visita mientras estaba de rodaje en Italia. Está al otro lado del Adriático.

—Ah. Entonces, ¿conociste a su madre?

—La he visto muchas veces.

—Vaya, qué bien. No lo sabía. No sabía que estabais tan unidos.

—¿Por qué otro motivo querría comprar el cuadro?

—No lo sé. Como he dicho, no le había dado demasiadas vueltas. Solo… Lo vi por casualidad, en Instagram.

M. B. se llevó el pulgar y el índice al puente de la nariz.

—Perdona —dijo—. Hoy estoy un poco abrumado. La realidad me supera.

Jane pensó en el día anterior, cuando no parecía abrumado en absoluto. Deseó poder cambiar de piel así. Entonces se dio cuenta de que lo había hecho. Le tocó el brazo con la mano y él se la apretó con la otra. El corazón le dio un vuelco en el vientre. Se volvió hacia ella. Jane movió la lengua hacia su boca, pero él se separó con delicadeza. Se le retorcieron los intestinos.

Se acercó a la ventana y miró hacia fuera. Los trabajadores estaban comiendo bocadillos en la azotea. Jane se preguntó si sus esposas se los habrían preparado. El celofán brillaba como el cristal bajo el sol de la tarde.

—A veces, me gustaría tener un trabajo como el de esos tipos. Pasar el rato en una azotea con un grupo de tíos. Salir a las cinco y todo eso.

—Es fin de semana —dijo Jane—. Trabajan en fin de semana.

—Ya, yo también. Y nunca ficho.

Jane quería hacerle daño, matarlo. Era un impulso más claro que el deseo.

—Me encanta tu casa —añadió, y se le acercó—. Es muy acogedora. —La envolvió en sus brazos—. Qué sudadera tan suave —susurró en su hombro.

Quería decirle que lo amaba. Quería suplicarle. Quería que supiera que podría salvarla. Podría haber una chica muerta menos. No tendría que hacer mucho. Fingir que la amaba, sí, pero podría volar a donde quisiera. Podría rodar en Sarajevo. Ir a despedidas de soltero en Indonesia. Ella le cuidaría a los perros y tendría un cepillo de dientes nuevo esperando cada vez.

Le rodeó la cintura con el brazo y acercó su pelvis a la de él. Se movió de lado a lado. Aspiró el champú sin enjuagar detrás de su oreja. Se lo perdonaría todo. Se separó y la mantuvo alejada.

—Ayer fue el último día de rodaje.

—Eso me han dicho —dijo ella.

—Me voy dentro de poco al JFK.

Tenía gracia cómo ya se había muerto unas cuantas veces. Tenía gracia seguir muriendo.

—¿Tienes los papeles del cuadro? —preguntó—. Tengo que dárselos a Jim y luego él mandará a un mensajero para que lo recoja esta noche.

Se le secó la boca; toda la saliva se esfumó.

—Sí —dijo—. Tienen que andar por ahí.

—No es urgente, cuando puedas. Bueno, para esta noche estaría genial. Jim ha dicho que treinta mil dólares es más que justo. ¿Es lo que has oído? ¿Te parece bien?

Jane había oído cuarenta mil. Eso le había dicho el hombre que se lo dio. No había considerado una situación así y no había llamado a nadie. En línea se comentaba que entre treinta y siete y cuarenta y dos mil dólares, pero Jane tenía un largo historial de sobrevalorar las cosas.

Asintió. Separó los labios. Volvió a asentir.

—Vale, estupendo. Genial. Supongo que te alegrarás de librarte de él. Es una pieza algo triste.

La cabeza de Jane se puso a nadar. Sentía que necesitaba acostarse. Se lo dijo y él se marchó, como un caballero.

———————

Al día siguiente, volvió a caminar hacia el oeste con el cheque en la mano. Cubriría el setenta por ciento de la deuda de su tarjeta de crédito. Un setenta por ciento que no iba a pagar y ver desaparecer así, sin más.

El banco estaba muy lejos, en Prince, pero la belleza de la manzana le había parecido importante cuando abrió la cuenta.

La gente guapa salía a la luz del sol. El tono de sus piernas destacaba. Una hermosa mujer negra con la cabeza rapada se puso de puntillas sobre las pálidas plantas de un par de zuecos para besar a un atractivo hombre negro apoyado en la entrada del metro. Una modelo con pantalones cortos, calcetines hasta los tobillos y unas zapatillas Ked hablaba por teléfono en una mesa de la terraza de una cafetería. Delante de la vieja fachada de color verde saltamontes de la panadería Vesuvio, una chica delgada con una falda de cuero hablaba con otra que llevaba un precioso vestido de verano con la espalda al aire. Tal vez se hubieran despertado en apartamentos sucios. Tal vez sus madres no creían en ellas. Tal vez sus padres acababan de morir. Tal vez habían pasado por un aborto silencioso en Maiden Lane.

Pasó por Williams Sonoma y pensó en todas las ollas y sartenes nuevas que podría comprar. Le Creuset y Staub, algunas bonitas con fondo de cobre. Cualquier tipo de olla que quisiera en el mundo entero.

En la reja plateada entre una tienda de bolsos y el banco había una indigente sentada con una manta azul marino sobre el regazo. Estaba medio al sol, medio a la sombra pétrea del portal. Hacía calor incluso a la sombra, por lo que la manta le extrañó. Además, no solía ver indigentes en Prince. La mujer tenía el pelo largo y flequillo de un castaño rojizo, de ese tono que una espera conseguir tras teñirse dos veces y hacerse mechas. Era huesuda, se le marcaba la mandíbula y tenía la piel alrededor de los labios estirajada, como un papel que se arruga y se desdobla una y otra vez. Metanfetamina, apostaba Jane. Había un vaso de cartón en una papelera del Servicio Postal de los Estados Unidos puesta del revés. Asomaba un dólar. Ella sostenía un pequeño cartel blanco: «Me he quedado viuda, sin seguro, lo he perdido todo. Ayuda, por favor. Solo 5 dólares. Que Dios le bendiga». Se mecía de un lado a otro al son de una melodía que sonaba solo en su cabeza. Cada vez que se adelantaba, su largo rostro entraba en una barra de luz solar hechizante. La luz la convertía, de inmediato, en algo más feo y hermoso.

—Por favor, una ayuda —dijo—. Lo que sea que se pueda permitir.

Jane entró en el banco.

Padua (1996)

Miranda era alta y tenía el pelo del negro más oscuro conocido. He dicho «era» en vez de «es», lo cual no es correcto, porque ella sigue por aquí, aunque yo no.

No era precisamente guapa, y al decirlo oigo a los hombres del pueblo chistarme y fruncir el ceño con esas cabezas moradas. Vale, era guapa. Lo es. A todo el mundo le gusta una historia con una mujer guapa y en esta hay dos. Miranda tenía el pelo como escarabajos empapados. Una nariz grande, de las que quedan bien en el rostro de una mujer voluptuosa. Tenía cuarenta y cuatro años la última vez que la vi.

Sol tenía setenta y cinco. Todavía era el propietario de la casa de ladrillo en Mendham con la piscina ovalada de vinilo, que tenía intención de recubrir con hormigón gunita. Hablaba de ello todos los veranos. Siempre pedía presupuesto. Luego llegaba agosto y pensaba que la vida pasaba muy rápido. Además, el vinilo era agradable para los pies.

Miranda estaba casada con Luke, un anglosajón blanco y protestante. Tenían una hija llamada Caroline. Un nombre que nunca he entendido. Su marido era muy guapo. Tenían un chalet pequeño pero bien renovado, con un cuarto de acre que él pagaba a alguien para que lo cortara. Se desenamoraron porque nunca habían estado enamorados. A él le gustaba ponerse detrás de ella y a ella le gustaba la estabilidad de un hombre de su clase, los bordes afilados, las orejas limpias y los pantalones cortos temerosos de Dios. Terminó cuando Caroline tenía tres años. La emoción de ser padres se había esfumado. La niña era como una encimera de mármol con manchas de agua. Esa cosa bonita por la que tenían que seguir preocupándose después de que hubiera perdido el brillo. Aunque no creo que fuera cierto para Luke. Él la quería más de lo que se quería a sí mismo, pero la mayoría de los padres no se sienten así. Lo que ocurre es que son incapaces de admitir lo contrario. Cuando lo hacen, es el fin del mundo.

Antes de que las cosas se pusieran mal de verdad entre Luke y ella, Miranda venía a verme. Como yo no conducía, me recogía, me llevaba a Newark y comíamos juntas *ossobuco* de ternera. Al ser ambas italianas, teníamos los mismos gustos. Más concretamente, yo tenía los mismos gustos que su difunta madre. Comíamos anguila, anchoas, berenjenas carnosas. Y *struffoli*, ¡cómo le gustaban los *struffoli!* Decía que tenían el tamaño y la viscosidad exacta de la infancia.

Miranda era una zorra. No sé de qué otra forma decirlo. La forma en la que les hablaba a los hombres, a todos. Era obscena. No importaba que fueran hombres gordos, viejos o niños. Su lengua parecía una serpiente. En el mercado de pescado, en particular, había un chico negro. No debía de tener más de diecinueve años. Ella lo miraba y dejaba que él la mirase. Y más que eso. Se inclinaba sobre el mostrador a la hora de pagar. A veces pagaba por mí. Supongo que entonces sabía cómo podría volverse en su contra. Se inclinaba sobre el mostrador con el pecho bronceado y un top escotado. El chico se llamaba Malcolm. Lo ponía en su bata blanca. No sabía nada de pescado.

Después de comprar, íbamos a tomar un *espresso*. Había un sitio en Adams, el Caffè Espresso Italia. Todo el mundo de su grupo iba a Starbucks, o a ese tipo de sitios donde se venden *croissants* del día en un expositor húmedo, pero Miranda entendía la importancia de un buen café.

«Yo invito», decía casi todos los domingos. Luego nos sentábamos junto a la ventana y hablábamos. Una de las últimas veces que la vi, me contó la historia.

—Voy a dejar a Luke —empezó. Cuando levantó la taza para beber, su brazo tintineó por todas las pulseras de plata que llevaba.

—*Stai zitta* —dije. No la creí.

—No, *zia, è vero.* —A veces me llamaba *zia.* No puedo decir que no me gustara.

—¿Qué ha pasado? ¿Por qué?

—Es un cerdo —continuó. Era una locura. Luke era un ratón. Todo en él se podía tirar en un cesto de la ropa sucia y olvidarlo hasta la mañana siguiente.

—Por favor.

—Lo es, *zia.* No te creerías las cosas que quiere que haga.

—¿Qué quiere que hagas? —pregunté. Había captado mi atención.

Se inclinó hacia mi cara y susurró. Su aliento era cálido y húmedo. En ese momento, sentí lo que sería estar con ella de esa manera. Había oído decir a algunas personas del barrio que en la universidad había estado con mujeres. Pero ahora todos los jóvenes eran así. Solo huesos púbicos y teléfonos móviles.

Lo que me contó era lascivo, pero no retorcido, ni mucho menos. Luke quería subyugarla de ciertas maneras. Quería que lo hicieran fuera, en el porche, a la vista de todo el vecindario, pero en mitad de la noche. Mientras la niña dormía, por supuesto. De todos modos, era su marido.

—¿Eso es todo? —dije.

—No —respondió y exhaló, como si todavía fumara. Por supuesto, yo sí lo hacía y ella me acompañaba fuera. Sin embargo, no era una de esas personas que fumaban entre las comidas. Menudos idiotas.

—¿Qué más?

—Odia al presidente. Y no pasa nada, en fin, es lo que hay. Pero es de esos que se quejan siempre, ya sabes.

—*Non lo sapevi?*

—Por supuesto que lo sabía, un poco. Pero no. Ya sabes cómo es. Estos tiempos sacan lo peor de la gente.

Asentí.

—*Zia,* es que no lo soporto. Lo odio. Odio cómo traga la comida, ¿sabes?

Me reí. Qué joven era. A los cuarenta y cuatro yo había sido mucho más vieja que ella. A lo mejor lo recordaba mal.

—¿Y la niña? —pregunté.

Ahí empezó a llorar. No lágrimas simples, sino torrenciales. Siempre me sentía incómoda cuando las mujeres lloraban. No sabía cómo tratarlas. Le toqué el brazo. Estaba húmedo. Era como una vela. El pelo le olía a humo de mi cigarro y a su perfume. Olor a caramelo barato, aunque probablemente estaba diseñado para parecerlo. Había muchas cosas que ya no me molestaba en intentar entender. Tal vez por eso enfermé poco después. Dios sabe cuándo se termina de aprender.

—¿Qué pasa? —pregunté.

Entre lágrimas y en un italiano murmurado y de clase baja, me contó que la niña no le importaba como debería hacerlo a una madre. Que Caroline estaría mejor con su padre que con una madre que se sentía engañada por la tremenda responsabilidad que suponía cuidarla. Me dijo que, cuando la niña lloraba, no sentía nada. Ni siquiera cuando estaba muy enferma de gripe, como había ocurrido aquel invierno. Incluso cuando la temperatura le subió a más de cuarenta grados y Luke llamó al médico en mitad de la noche, entre temblores, Miranda solo tenía ganas de volver a la cama. Tenía la costumbre de tomar somníferos y le irritaba que se le pasara el efecto, que la cabeza se le despejara para dar paso a la mierda del día. Esa fue la expresión que utilizó. Nunca he hablado así, aunque sin duda he tenido pensamientos escandalosos.

No diré que me sorprendió. Sabía qué tipo de mujer era. Me contó que había más. Un hombre, por supuesto, como siempre debe haber. Un hombre negro, añadió, con un gruñido en la voz. Sabía que me quedaría atónita y le encantó que lo hiciera. Me explicó lo mucho que la excitaba que se la follase un hombre negro. Vivía a pocas manzanas del café en el que estábamos. Me dijo que, de hecho, mientras estábamos allí sentadas, él le había enviado un mensaje para preguntarle si quería pasar a echar un polvo. Me habló de lo grande que la tenía. De sus músculos de ébano.

—¿A qué se dedica? —pregunté. Pensé en el pescadero. Echó el grueso cuello bronceado hacia atrás y soltó una risotada horrible.

—Ay, *zia*, que Dios me ayude, creo que vende drogas.

—¿Perdona?

—O sea, sé que lo hace. Vende *crack*. Tiene un catre por cama y comparte baño en un pasillo sucio. Me encanta follar en su cama. Me encanta cómo me siento cuando me quedo allí tumbada después de terminar. Siento que me desangro.

Le dije que necesitaba un cigarrillo. Se rio y salimos fuera. Fue entonces cuando empezó la tos. Por supuesto, había comenzado antes, pero no la noté hasta ese momento. Fue la primera vez que me di cuenta. Es fácil volverte consciente de tu propia mortalidad en presencia de alguien que ha encontrado una nueva página en la vida.

———————

Me gustaría contarte, si te interesa saberlo, que nunca aprendí a conducir. Vine a este país y nunca me puse al volante. En uno de mis primeros meses en los Estados Unidos, estaba hablando con unas amigas en una acera de Orange. Todas fumábamos. Algunas teníamos hijos, y las tardes en que nuestros maridos trabajaban nos quedábamos sin nada que hacer al mediodía. En verano, hacía demasiado calor en los parques y en las calles. Hoy en día, en julio y agosto, es imposible encontrar a ninguna madre en su ciudad natal intentando encajar los cuerpos de sus hijos en columpios metálicos ardientes. Todas están en la playa o en el lago. Las familias tienen casas en algún lugar donde llega la brisa del mar, o tienen primos en Colorado con dinero y varias habitaciones. Cuando era joven, no era así, por lo que una tarde estábamos todas fumando nuestros largos y finos cigarrillos en el porche hasta que, de repente, un autobús Volkswagen de color huevo se detuvo en la acera. Al volante iba una mujer. En aquella época, la habríamos llamado «tipa». Tenía músculos como los de un hombre y llevaba un mono de mezclilla con las mangas cortadas de mala manera a la altura de los codos.

—Señoras y niños —llamó por la ventanilla abierta—. Tengo una lanzadera de ida a Atlantic City. ¡Suban a bordo!

Nos reímos. Algunos de los niños saltaron de alegría. No sabíamos quién era ni qué pasaba, pero nos subimos al autobús. Las cuatro, con cinco niños pequeños entre nosotras. Le dimos dinero para la gasolina, paramos a comprar bebidas frías y condujimos hasta Atlantic City mientras fumábamos y ululábamos por la ventanilla. Cuando los arcenes de la autopista se llenaron de arena, empecé a sentir el pulso en la muñeca.

Conocí a un hombre esa tarde, en el paseo marítimo. Se me había caído el bolso y él lo recogió; así pasaban antes las cosas. Mágico. Caminamos juntos de un extremo a otro. Dijo que era marinero, pero iba vestido de pescador. Bebimos Lime Rickeys y comimos ostras crudas en un puesto de un muelle. Nunca antes había comido una ostra cruda y nunca más lo haría. No hicimos el amor bajo el paseo marítimo. No hablamos de maridos. No nos preguntamos el nombre del otro. Fue el único día que no me sentí como la persona que había dejado atrás en mi pequeño pueblo.

Miranda me inspiró ese mismo sentimiento. No era una buena persona, pero el día que me contó su historia, me ayudó. Me recordó mi antiguo pulso. La vi marcharse para ir a reunirse con el traficante al final de la calle. Tomé un autobús para volver a casa. Tenía la cara sonrojada como una colegiala. Me sentía normal. Nadie me convencerá de que existe una sensación mejor en el mundo.

Llegó una húmeda tarde de otoño. De esas que resultan majestuosas, en la que, aunque vivas en un lugar no muy bonito, las calles parecen brillar con elegancia. Las hojas olían a muerto de esa manera tan penetrante que es casi lo contrario a la muerte.

Para entonces, Miranda se había mudado del pequeño chalet y corría el rumor de que era adicta a las drogas y que vivía en Newark, debajo del puente. Luke había conseguido la custodia completa; Miranda ni siquiera se había presentado en el juzgado. En las últimas semanas, se decía que había empezado a aparecer por allí otra vez, pero nadie lo sabía con seguridad. Era como un fantasma. Linda Valenti, que vivía en la casa de al lado, comentó que la vio llegar después de la hora de la cena. Luke abrió la puerta, pero no la dejó entrar. Ni siquiera se movió un centímetro. Linda dijo que Miranda debía de haber perdido como quince kilos. Era un palo. El pelo negro se le había vuelto quebradizo y parecía gris. Gritaba por su hija. «Dejadme ver a mi niña», clamaba por las calles de clase media. Linda dijo que toda la manzana la oyó, y fue entonces cuando otra mujer comentó que, de hecho, había escuchado un lamento. Había sido horrible, añadió de repente otra persona. El sonido de una madre que echaba de menos a su propia sangre. Era imposible no sentir nada por alguien que había cometido un terrible error. Pero no fue hasta esa tarde húmeda cuando la vi yo misma. El día que vino a ver a Sol. Llamó a la puerta con fuerza y luego con suavidad. Tenía un aspecto enfermizo, pero todavía tenía tetas. Su cuello seguía siendo grueso. Su pelo, a la luz oscura del otoño, no era gris, sino del mismo regaliz terrible del que siempre hablaban todos.

La invitó a pasar. Había traído *struffoli* y una botella de Cynar. Se sentaron en la mesa de palisandro del comedor que nunca se usaba. Sol estaba muy gordo a esas alturas. Era médico, pero uno viejo, y a los médicos viejos se les permitía estar gordos. Era calvo y pálido, pero tenía una mirada inteligente, incluso cuando respiraba con dificultad.

Ella le contó la historia, todo salvo por la parte de las drogas y el color del hombre con el que se marchó. Habían terminado. La golpeó en la boca con la mano llena de anillos. Le mostró a Sol el lugar donde le faltaba un diente.

Sol se inclinó hacia delante y le sostuvo la cara con la mano para examinar los daños. Dijo que tenía un amigo que era cirujano maxilofacial que se lo arreglaría. Miranda se mostró agradecida. Él sirvió dos vasos de Cynar y dijo que hacía mucho que no veía *struffoli*.

Al cabo de un rato, Miranda rompió a llorar y dijo que echaba de menos a su hija. Que sentía un pozo en el corazón. Llevaba un mono corto de color burdeos. Seguía teniendo las piernas marrones y grandes. La sangre siciliana actúa como el sol y broncea la piel de adentro hacia afuera. Se consoló con que Caroline estaba mejor sin ella. Aun así, en medio de la noche, el pecho le dolía por ella. Todo el cuerpo. No tenía dinero para conseguir una casa propia. No podía conseguir la custodia compartida sin una casa. Tal como estaba, Luke ni siquiera le permitiría ver a la niña. Sin dinero. Dormía en la casa de una mujer que conocía, en efecto, bajo el puente. Por la noche, el ruido era terrible, el tren, los gritos, y olía a la clase de orina que no era solo vieja, sino enferma. No como en Italia, donde la orina huele muy bien, dijo. Sol sonrió.

—Echas de menos a tu hija —comentó.

—Muchísimo. No me duele solo el corazón, también los pulmones. —Se tiró de la piel entre los pechos con violencia—. Perdona, Sol.

Él negó con la cabeza. Ella le pidió su opinión.

—Deja que te cuente una historia —dijo—. Sobre una mujer hermosa.

Miranda se inclinó hacia delante. A las mujeres hermosas les encanta oír historias sobre otras mujeres hermosas. Sienten que pueden aprender de ellas.

—Cuando era residente en Padua, hacía los deberes todas las noches en una pequeña cafetería. Tomaba *espresso,* hasta que me pasaba al vino hacia las siete, y el dueño me daba la pasta que les había sobrado. Había una camarera. La mujer más hermosa que había visto nunca, con el pelo negro que le llegaba hasta el trasero. Como el tuyo, tal vez incluso más voluminoso. Tenía veintiséis años, mayor para estar soltera en aquella época. Me limité a observarla desde lejos durante mucho tiempo. Yo era un joven ocupado. No solo estudiaba Medicina, también, italiano.

—Perdóname, Sol, pero ¿por qué estudiar Medicina en Italia si no sabes italiano?

Además de ser atractiva, tenía esa otra cualidad que tenían las mujeres como ella. Sabía qué preguntas hacer. Siempre hacían las preguntas correctas.

—Mi familia no podía pagarme la carrera de Medicina en Estados Unidos. En Italia era gratis por aquel entonces, lo financiaba el gobierno. Solo tenías que ejercer por las noches en los hospitales. Toda la noche, a veces.

—Eso es mucho trabajo.

—Lo fue, sí. Los hombres de hoy en día no se esfuerzan. Tienes que esforzarte cuando eres joven. En estos tiempos. En fin, ya sabes.

Ambos se rieron porque Luke era escritor.

—Cuando terminé el último semestre, la llevé a una cita. Era una mujer muy callada. Claro que apenas hablábamos el mismo idioma.

—¿Os acostasteis enseguida, la primera noche?

Sol sonrió de lado. Todos los hombres tienen una sonrisa así, incluso los más gordos y amables.

—No —dijo—. La segunda. —Guiñó un ojo.

—¿Te importa si fumo? —preguntó Miranda.

Sol se levantó. Era grande como un pájaro prehistórico. Agarró un cenicero del Albergo Lungomare de Rímini y lo dejó en la mesa de palisandro, que estaba pulida hasta el máximo brillo. Había un agujero en una de las ventanas del hotel del que procedía el cenicero, y una mañana se había despertado y se había encontrado un cuervo a los pies de la cama. Lo miraba fijamente. El cuervo era más grande que el agujero de la ventana.

Sacó un paquete de cigarrillos del cajón del armario y le encendió uno con un mechero de Dunhill de los años treinta, que tenía un brazo oscilante de estilo *déco*.

—Qué bonito —dijo ella.

—¿Verdad?

—¿Cómo fue?

—Fue maravilloso —siguió Sol, pero de esa forma que tienen los hombres de no pensar en el pasado. En lo que a cuestiones lascivas se refiere, los hombres siempre viven en el presente. El pasado no es importante. Por supuesto, en todos los demás asuntos, deportes, coches y presidentes, los hombres viven en el pasado. Me gustaría poder decir que no los admiro en cierta manera.

Procedió a contarle el resto de la historia, la parte mala. La preciosa camarera tenía un hijo, un niño de dos años al que apenas podía mantener. Sol casi había terminado la carrera cuando salieron. Estaba listo para volver a los Estados Unidos. Su abuela había fallecido recientemente y le había dejado una buena cantidad de dinero con la que abrir su propia consulta, y quizá le sobrara para una casa. Sin embargo, era católico, y su madre era una mujer muy dura. Pintaba niñas dentro de conchas marinas, pero nunca se reía ni sonreía. No podía llevarse a una novia con un hijo de otro hombre. No podía.

Miranda chupó el cigarrillo con ansia. Era un Marlboro Red 100, restos de un paquete blando y rancio.

—¿Qué pasó?

—Se vino conmigo —añadió en voz baja—. Antes de irnos, dejó al niño dormido en la capilla del pueblo. Lo colocó en el altar unos minutos antes de que empezara la misa. Le di un rollo de billetes que metió dentro de la manta del niño. Nos marchamos a América. El resto ya lo conoces.

—Joder —soltó Miranda. Se bebió el resto del Cynar.

—Así que ya ves —dijo Sol.

Miranda negó con la cabeza. Tal vez sí, o tal vez no. Apagó el cigarrillo. Cuando terminó, Sol le cubrió la mano con la suya.

—Tienes un problema, Miranda. Lo veo. Has tenido una vida dura. No creas que no lo entiendo.

Ella asintió, con su gran cabeza y su abundante cabellera.

—¿Qué puedo hacer?

—¿Qué podemos hacer cualquiera de nosotros? —dijo Sol mientras la miraba a los ojos. Tenía la mano grande y pálida en contraste con la de ella. No vio lo mucho que Miranda quería soltarse. Siempre me he preguntado cómo algunos hombres son capaces de no ver esas cosas. Sin embargo, al igual que al cuervo de la habitación del hotel aquella mañana, Sol fue capaz de darle un sentido, uno que encajara en las matemáticas de su propia cabeza. Yo sabía lo que era el cuervo. Después de todo, aquella noche, en aquella habitación caliente con el mar al otro lado de la calle y los chicos gritando a las chicas en la *gelateria,* fue cuando me decidí.

Miranda empezó a llorar. No eran las lágrimas agitadas que le había visto. Eran las lágrimas silenciosas y hermosas que derraman las mujeres guapas frente a hombres poco atractivos. No son lágrimas claras, sino azules como el cristal del mar. Si las probaras, las encontrarías saladas y duras.

—Puedo ayudarte, Miranda —dijo Sol. Su voz se volvió gutural, llena de humedad y árboles—. Me refiero a que puedo echarte una mano con dinero. De vez en cuando.

Le agarró la mano y la condujo hacia sus gigantescas piernas. Llevaba unos enormes y espantosos pantalones cortos de color caqui, como los que se vendían en grandes almacenes baratos en los que compraban hombres incluso mayores que él. Patético para un médico, pero claro, después de que yo me fuera, no tenía a nadie que comprara por él. No había podido tener hijos. Todos decían que era una pena y nadie sabía la verdad.

Solo veo cuando las luces están encendidas y las luces pronto se apagaron. Dejé de mirar durante algún tiempo. Incluso cuando dejas de querer saber, todavía queda un grandísimo aburrimiento que sentir en la vida. Aburrimiento quizá no sea la palabra adecuada, pero no conozco la palabra en inglés. Lo último que vi fueron los *struffoli* sobre la mesa. Los había emplatado en un bol que yo había traído del apartamento que compartía con mi hijo. Fue lo único que me traje a este país y, si te interesa saberlo, me dio pena dejarlo.

GRACE
MAGORIAN

«Me cago en la puta», pensó Grace Magorian cuando vio a los dos caminar hacia ella en el primer hoyo.

La chica tenía entre veintisiete y treinta y dos años, esa lamentable edad en la que las mujeres solteras se convierten en perros rabiosos bajo sus finas pieles de bronce.

El chico tenía la misma edad. De pelo oscuro y barba, llevaba una camisa sin mangas y tenía los brazos bonitos. No. Eran maravillosos. Como los de un marinero. Aunque no lo era, claro. En aquellos tiempos, sobre todo en Estados Unidos, los hombres desarrollaban los músculos en el gimnasio. En el Nautilus. Los músculos crecían con el aire acondicionado. También conseguían la ropa en los gimnasios, en los de lujo. Grace tenía cincuenta años. Vale, cincuenta y uno. Nunca había sido socia de un gimnasio en Galway, pero allí se había apuntado a un Lucille Roberts hacía un tiempo. Desde hacía poco, había vuelto a empezar en un centro para mujeres Healthworks Fitness. Todo era de color malva y de goma. Nada de hombres, nada más duro que un bulto de cáncer. Pero se sentía cómoda. Se ponía una camiseta de jabones Goatboy y pantalones de licra manchados de lejía y los sábados por la tarde nadaba en la piscina, con todo el sitio para ella sola, dando largas y elegantes brazadas en el agua verde y pálida.

Cuando se paraba a pensarlo, todo lo que hacía era para evitar estar en los mismos lugares que esos dos, con sus gafas de sol y sus codos de *brunch*.

103

Justo ese día quería darse un capricho. Era el Día de la Madre. El campo de golf era su lugar sagrado. Por lo general, iba entre semana a horas extrañas, para evitar que la juntasen con tontainas como aquellos. Un tipo concreto. ¿Y qué eran? Jóvenes, eso es lo que eran. Al chico se le ponía dura en cualquier momento.

En realidad, no era tanto por el Día de la Madre. Ni porque la hubieran juntado con esos dos. Era porque eran dos. En lugar de uno: un hombre, con un buen *swing* y una sonrisa. Un viudo, un divorciado. Con hijos, sin ellos. Le daba exactamente igual. Porque todo lo que hacía Grace era para enamorarse. Incluso desde que dejó de intentar conocer a alguien. De hecho, sobre todo desde que dejó de intentarlo. El parón en sí fue la última cruzada, la última línea de tropas que había enviado a los pastos de mayo.

—Es nuestra segunda cita —le susurró la chica a Grace mientras el chico daba el primer golpe. Ella no sabía que no se hablaba durante un *backswing*.

«Ah, ¿sí?», respondió Grace, en silencio, con la expresión.

—Nos conocimos en Venus —prosiguió la chica, con gesto conspirador. Muy guapa, pelo oscuro. De esas melenas con las que se puede hacer de todo, desde ponerse pasadores a hacerse medias coletas. El pelo de Grace era de un rojo que parecía artificial, precioso, aunque difícil de manejar y secar. Ningún hombre había soñado con pasar los dedos por él. Ni siquiera el piloto de la fuerza aérea con el pastor alemán.

El chico le dio bien a la bola. Su cuerpo permaneció curvado tras el impresionante golpe. El paisaje, una embriagadora mezcla de gloriosos enlaces irlandeses y bruñidos del Nuevo Mundo, se congeló a su alrededor. Habían importado la particular festuca de las húmedas praderas del norte de África. Los obstáculos blancos destacaban como pelos de gnomo. Por lo demás, el césped era de un bermuda esmeralda y la casa club era un cubo de cristal imponente y brillante, donde acudían los buenos abogados cuando morían. Además, contaba con una vista de doscientos mil dólares de la Estatua de la Libertad y los barcos en el puerto de Port Liberté.

—Es una aplicación de citas —continuó la chica, más fuerte—. Los hombres tienen que contactar primero, pero solo pueden escribir a tres mujeres por semana. Y ellas tienen que decirles que no antes de que puedan pasar a la siguiente. Pero, si ninguna les responde en cuarenta y ocho horas, pueden pasar página.

—¿Y qué se llevan? —preguntó Grace, mientras el chico volvía hacia ellas, triunfante—. Buen tiro —le dijo.

—¿Perdón? —preguntó la chica.

—Los hombres —dijo Grace—. ¿Por qué iban a usar la aplicación?

El chico era de los que escuchaban. Tal vez le gustaba esa chica. Grace siempre había pensado que a los hombres no les gustaban las mujeres con las que estaban. Eran una forma de pasar el día.

—Fácil —dijo él, y apoyó las manos, una con un guante blanco y la otra bronceada, sobre los hombros de la morena—. Mujeres de calidad.

Ella se sonrojó.

—Solo se puede entrar con una invitación —dijo—. Tienen que invitarte a unirte e incluso entonces te investigan. Coeficiente intelectual, personalidad, carrera.

«Carrera», pensó Grace.

Grace era la administradora del patrimonio de una familia que tenía esa clase de riqueza absurda que no creías que existía hasta que la veías. Los Hoppa. El marido era corredor de bolsa, nada del otro mundo, pero la mujer era la heredera de un imperio de la mostaza. Había ido a Brillantmont, en Lausana. Una vez, había tenido coletas doradas y ahora lloraba cada noche ante una foto en blanco y negro de su madre, a contraluz y atrincherada en el tocador. Alrededor del marco había un escuadrón de muñecas Kewpie, desnudas, masónicas.

Administradora de patrimonio. Un título bonito. No podía decir en voz alta todas las cosas que hacía por los Hoppa. Algunas eran tan vergonzosas que bien podría limpiarles la raja del culo con hilo dental después de que cagaran en sus baños de mármol dobles.

—Ya veo —dijo Grace—. Bueno, me alegro de que te funcione.

—Con todo lo que está pasando hoy en día, hace falta una tercera parte que asegure que un tipo no es un violador —explicó la chica—. Venus se ocupa de todo.

Cuando la chica se dirigió al área de salida de las mujeres, el chico le preguntó a Grace Magorian si estaba casada. Se la podría perdonar por creer que había un leve coqueteo en la pregunta. Era un tipo encantador, generoso con la cercanía física. Le recogía los palos y sostenía la bandera cuando ella jugaba. Se alegraba de que no hubiera nadie como él que hubiera luchado por sus países, que tuviera una hombría de verdad. Así sería mucho más difícil.

—No —dijo—. Nunca me he casado.

Añadió la segunda parte porque o lo añadías directamente o mentías. Si hubiera mentido, se habría odiado toda la noche. Tal vez ni siquiera hubiera salido a cenar *sushi* por el Día de la Madre que había planeado. ¡Ginebra Blue Ribbon! Tenía una tarjeta regalo de un amigo millonario del señor Hoppa, al que había ayudado de forma titánica el verano pasado. Setenta y cinco dólares. Era una buena cantidad, si cenabas sola.

—Bueno, tienes un acento muy bonito —añadió el chico.

―――――――――

Cuando Grace Magorian llegó a casa, se preparó un baño. Su hogar durante el verano, y en la mayoría de las vacaciones, era la finca de los Hoppa en Bridgehampton. Tenía una habitación propia en el ala del servicio, con el ama de llaves y el cuidador. Sin embargo, el resto del año vivía en un estudio en la calle Jane. Los Hoppa vivían en un ático increíble en Charles y querían tenerla cerca, así que le alquilaron un pequeño espacio en un edificio de ladrillo. Desde la ventana, veía a las señoritas salir de los bares; hasta las olía. Vodka y sol.

Estaba sentada en una mesa junto a la barra, en el antro subterráneo de madera y piedra, donde solo había parejas, chico, chica, chico, chica, y las chicas eran todas morenas. En aquellos días, solo se veían cabellos oscuros y rostros del color de la leche de anacardo que bebían por todas partes.

Grace se había llevado *Anna Karenina*. Estaba en la página cuarenta y cuatro. Una vez, en una pequeña vinoteca en Elizabeth, un hombre la vio leyendo *Un recodo en el río* y le mandó un *whisky* doble de la marca que había estado bebiendo. Era un técnico de emergencias australiano, de cuello ancho y escandaloso y ojos azules. Compartieron algunas risas y se acostaron. Su lengua era un cortador de diamantes entre las piernas de ella. «Ven conmigo a París —dijo—. Me marcho por la mañana». «Sí —respondió ella—. Sí, sí».

De eso hacía siete años y seguía llevándose libros a cenar.

Su amiga Talia, hebrea y despiadada, le había dicho que seguía soltera porque no era suficiente de nada. No era lo bastante franca ni reservada, no bebía demasiado ni era abstemia, no era ni rica ni pobre. Incluso el peso de Grace Magorian era raquíticamente moderado; no era ni delgada ni gorda, ni tenía pecho ni era plana. En todos los aspectos, se encontraba en el medio. Talia también estaba soltera, pero se emborrachaba a menudo con *ouzo*. Tenía más citas, como le señaló a Grace.

—¿Ves? —le dijo—. Soy quien soy. Me recuerdan.

—Sí —contestó Grace—. Ya, sí.

A la camarera (¡mierda!) le pidió *uni, ikura, unagi,* besugo, *ají, botan ebi,* pez limón y medusa. Pidió también un *sake* grande y un vino de ciruela que venía en una caja de madera perfecta.

A mitad de la cena, se sentó en la barra un hombre mucho más joven que ella, que iba solo y con un traje de espiga. Antes hacía falta un tipo especial para llamarle la atención. Un hombre en el metro, de pelo otoñal. Fantaseaba todo el trayecto con la vida que podrían tener, con perros pastores en el campo. Entonces, se aferraba al mínimo atisbo de amor en sí. A la mera idea de no morir sola. Nada más. Se había planteado hacerse lesbiana. Aceptaban a las mujeres mayores.

Grace bizqueaba un poco por el licor, pero el hombre de la barra le resultaba familiar. Ladeó la cabeza y entrecerró los ojos. Era, efectivamente, el joven del campo de golf.

—¡Hola! —saludó.

La mitad de la sala levantó la vista de sus conversaciones, pero él no. Así que Grace Magorian se levantó y acortó la distancia.

—¡Eh, hola! —dijo.

El hombre parpadeó y entonces la reconoció.

—Ah, hola. —Se sorprendió un poco y no se alegró del todo.

—¡Menuda coincidencia!

—¿Verdad? Sí. Una locura. Joder. —Entonces, bajó la mirada al móvil. Borracha o no, Grace no era ninguna tonta.

—Bueno, te dejo —se despidió.

—Grace, ¿verdad? —dijo el chico.

—Grace Magorian.

—¿Estás aquí sola?

—Sí.

—Te invitaría a acompañarme, pero he quedado con una amiga. —Bajó la voz y levantó la vista—. Es otra chica de Venus, en realidad. Donde conocí a Veronica.

Grace asintió.

—Ah —añadió—. Ya veo. No te preocupes, me vuelvo a mi pequeño rincón del mundo.

—Me refiero a que, bueno, no me descubras, ja, ja. Ya sabes cómo son las mujeres jóvenes de hoy en día. Si se imaginan que sales con otras personas, al día siguiente se ponen como unas locas y empiezan a publicar con el *hashtag #metoo.*

—Sí, claro, ja, ja.

Comenzó a alejarse, pero algo la detuvo y retrocedió.

—Jed —dijo. Estaba escribiendo un mensaje a alguien con el nombre «Seguridad Nacional».

—¿Sí?

—La verdad es que quiero pedirte un favor. Bastante extraño, supongo. Me preguntaba si podrías, si no es molestia, invitarme a esa aplicación. Si no es solo para jóvenes. Si no te importa, podría entrar.

—Ja, ja —dijo—. ¿Me das tu correo?

Grace se lo dio.

—Sin problema —contestó, y lo apuntó en el teléfono.

—Gracias.

Le guiñó un ojo, y lo hizo de una manera que la hizo sentirse expuesta. Se dio la vuelta, con aire atractivo, con la suave iluminación clavada en la espalda.

El último hombre con el que Grace había intimado era arquitecto. Había dejado que se corriera dentro y había sentido cómo su esencia le acariciaba la pared del diafragma. Era guapo, alto y gentil. Casi una aparición de un hombre, con los dientes bonitos y un cuerpo de aspecto saludable. Se había marchado una hora después, aunque amablemente, y no volvió a saber de él. Lo que salió de ella a la mañana siguiente parecían trozos de pintura.

Hacía tres años de eso. Ahora, el mundo estaba cambiando. Lo único que Grace quería era que la quisieran, que se la follasen a lo bestia y que la amaran de forma incondicional. Deseaba odiar que la hubieran acosado. Por supuesto que había sufrido las pequeñas violaciones diarias, y las más graves de su juventud. Pero no había nada como la escasez de amor. La verdad era que envidiaba a las mujeres que tenían el lujo de evocar los malos polvos, los mediocres y los que casi habían llegado a ser, que las habían herido. Grace se esforzaba por recordar cualquier contacto.

Esa misma noche, en su estudio de paredes rosas, Grace conectó el nuevo vibrador malva de orejas alegres al portátil y buscó algo romántico pero pagano. Encontró un vídeo de una joven pareja en el metro, publicado en una cuenta de Instagram llamada «Bestias de Nueva York». La chica, con una falda negra de algodón, se sentaba a horcajadas sobre el chico, que llevaba un pantalón de chándal de terciopelo. La cara de la chica era bonita y se notaba que estaba borracha mientras se removía en su regazo. Los gestos de él eran indiferentes. Ni siquiera recibía lo que se le daba con pasión, sino que lo soportaba sin entusiasmo. Cuando el vibrador estuvo lo bastante cargado, Grace sacó la ropa limpia de la secadora y se acostó en su robusta cama de noventa. Allí, se llevó un ramo de toallas limpias a la cara y el conejo a las bragas de color melocotón mientras el vídeo de la amorosa pareja del metro se reproducía en bucle en el portátil que tenía al lado. En aquellos días, tardaba veinte segundos, como máximo. Apenas necesitaba el bucle.

Después, se quedó tumbada y pensó en su padre. Era mejor pensar en los padres directamente después de un orgasmo, cuando hay mucho espacio abierto.

Donal Magorian. Alto, ancho de cuello y hombros, pero delgado de piernas, con la cara rosada, la nariz roja y las manos grandes como un hierro de golf. Desde que tenía nueve años, cortaba turba y quemaba césped con dos Clydesdale. Más tarde, cuando el acero llegó para hacer el trabajo de los hombres, Donal y varios compañeros en paro aceptaron un proyecto de un promotor extranjero para construir un campo de golf en su pequeño pueblo. Fueron dos años de trabajo demoledor, de hombres con pantalones blancos que venían a blandir palos invisibles en un montículo y determinar si una cierta colina quedaría mejor en otro sitio. La mitad del equipo bebió hasta matarse, con rabia, pero sobre todo con frustración. El día de la ceremonia de inauguración, Donal era uno de los pocos que quedaban en pie, tan en primer plano en la escena como puede estarlo un obrero. Estaba justo detrás de un armenio de gesto complaciente con unas tijeras enormes. Grace miraba la tele, un poco avergonzada, aunque sobre todo orgullosa. Estaba en casa, haciendo los deberes y prestando mucha atención para asegurarse de que nunca se casaría con un hombre como su padre. Porque estaba segura de que Donal Magorian era el único hombre bueno y pobre del mundo. Esta opinión se la había transmitido su madre, Frances, que amaba a su marido, pero odiaba su posición social, porque nunca había estado en París ni en un coche que brillara. Entonces, mientras establecía contacto visual con él en la pantalla, Grace, de catorce años, vio cómo su padre se llevaba una mano al pecho y se desplomaba, más bien se derrumbaba, como una burda imitación de un ataque al corazón. Fiel al estilo irlandés, el periódico del pueblo dijo que había muerto de felicidad, de orgullo por sí mismo y por la belleza del campo que había ayudado a crear.

—Una mierda —dijo Frances Magorian—. Mi marido murió siendo un esclavo. Aquí no queda nada para nosotras.

En cuestión de semanas, dejaron su pequeño piso encima de McDonnell's Bar & Undertakers y se marcharon con el dinero de la pensión a Estados Unidos. La tragedia particular de los sistemas de madre e hija como el que formaban Grace y Frances era que, como la madre nunca había conseguido lo que necesitaba de la vida, la hija nunca debía avanzar más allá de cierto grado. Cualquier mejora debía producirse en silencio, al amparo de la noche. Y al final, incluso esas sufrirían la muerte de los indignos, los Ícaros que habían volado demasiado cerca de los soles suburbanos de los Estados Unidos. Frances encontró un hombre, un estadounidense canoso llamado George. Decía que se parecía a Jimmy Stewart cuando sonreía. Nunca se casaron, pero Frances y Grace se mudaron con él, a su fea pero limpia casa de dos pisos en Cranford, en Nueva Jersey.

Justo en ese momento, se oyó un maravilloso pitido que provenía del portátil. Grace silenció el nervioso vibrador y comprobó la pantalla. «Bienvenido a Venus», decía el asunto. Hizo clic en un enlace y aparecieron una serie de indicaciones fáciles de seguir. Escribió un breve y ágil párrafo en la sección «Sobre mí» y subió una foto suya en los enlaces que su padre había construido en el condado de Mayo. La foto se había sacado hacía siete años. A continuación, puso la fecha de nacimiento y cambió el año. Mil novecientos sesenta y seis sonaba a un año estupendo para el vino, pero no para que naciera una mujer.

«A la mierda», pensó. Como decía Talia, hoy en día todo el mundo miente. Si no lo haces, estás jodida. Seleccionó 1972. Luego, 1973. Podía pasar por tener cuarenta y cinco. De verdad que sí. Pero ni un minuto más joven. La única forma de ser más joven sería usar fotos aún más antiguas, que no tenía muchas, o una imagen de una mujer más joven. Lo consideró por un momento. Pensó en usar fotos falsas, para que al menos un hombre decente le escribiera. Sería suficiente, que la desearan, incluso si no era su verdadero yo al que querían.

Se sorprendió, de inmediato, de lo impresionantes que eran los hombres. El año pasado había estado en Match y recordaba con angustia todas las noches en las que empezaba con ojillos brillantes, mientras deslizaba el ratón hasta que, a las 2:47 de la madrugada, se encontraba en la decimoctava página de hombres de entre cuarenta y dos y sesenta y cuatro años. Con una sensación de agotamiento y después de volver a ajustar, varias veces, el rango salarial. A Grace no le importaba el dinero, pero a su madre sí.

En Venus, solo había tres hombres por página y a Grace le pedían que los clasificara, para que la aplicación configurara mejor sus algoritmos para atenderla. Las fotos de los tres primeros hombres. Grace se quedó boquiabierta. Tenían un aspecto amable y rico, nada de ceños irascibles, nada de paletos sin camisa en moto. Nada de *selfies* en baños.

—¡Joder! —exclamó Grace Magorian. ¡Había encontrado el alijo! Donde todos los buenos se habían escondido. «Casi», le escribió a Talia.

«¿Dónde está todo el mundo?», preguntaba la madre de Grace. Había venido a Estados Unidos con la esperanza de ver «gente buena». ¿Dónde estaban? ¿Estaban en Aspen en invierno? ¿En los Hamptons en verano? Pero algunos veranos, ¡estaban en Nantucket! Le llevó demasiado tiempo. En muchos sentidos, Grace sabía que había aceptado el trabajo de los Hoppa para responder a la pregunta de su madre, para saber dónde estaba la gente buena. Ahora también había descubierto dónde estaban todos los hombres buenos y solteros. Pensó en todos los Beaujolais que había bebido sola.

Revisó un par de páginas y clasificó. Tenía que hacerlo durante 101 series de tres, o hasta que encontrara lo que el sitio llamaba «el indicado», un hombre que quisiera que le enviara un mensaje de inmediato.

No se creía lo impresionantes que eran todos. Frances Magorian decía que todos los hombres meditabundos eran gais. «No persigas un sueño, Gracie». Los hombres, en opinión de su madre, o bien eran burros que se mataban a trabajar, con mandíbulas y corazones grandes, pero sin cerebro, o bien eran ricos, perfectos, crueles e inalcanzables. Es raro crecer más allá de las iniquidades que dañaban a nuestros padres. Son como pequeños agujeros perforados en el cerebro, demasiado diminutos para llenarlos nunca.

Fuera, empezó a llover a cántaros. Casi inmediatamente después de oír caer las primeras gotas, el teléfono de Grace sonó con la conocida sirena. Una nota de voz de la señora Hoppa.

—Grace, ¿cerraste la puerta de la sauna exterior en Bridgehampton?

Grace sabía que la mujer no querría una nota de voz de vuelta. «Sí, señora», escribió. Borró el «señora». Añadió un signo de exclamación después del sí y lo borró también. Añadió un punto y lo envió.

Volvió al portátil.

—Por favor, que uno de vosotros me salve —le dijo a la pantalla.

Y entonces, uno lo hizo.

——————————

Su nombre de usuario era DigLitt. Tenía cara de John. Un hombre es lo que parecía. Como eran antes. La primera línea del texto de su perfil decía: «Busco a la mejor mujer del mundo».

El equilibrio del texto transmitía seguridad, pero no arrogancia. Según había escrito, no era un metrosexual ni un tipo duro, no era de los que tomaban el *brunch* ni seguidor de Trump. No era de ningún tipo; era simplemente un hombre, su propia persona y tal vez la tuya. Se le daban bien las herramientas y la cocina. Tenía una empresa de construcción y edificaba casas en pueblos desfavorecidos de Sudamérica. Había vivido y trabajado en trece países. Sabía leer mapas y, sin embargo, siempre se detenía a preguntar por una dirección. Creía que el pelo rojo era consecuencia del azúcar y la lujuria. Grace se tocó el pelo, su pelo rojo, muy rojo.

Era rico, pero no era un imbécil. ¿Era eso posible? Grace no lo había pensado. Pero allí estaba ese hombre. Inteligente, divertido, seductor, de un metro ochenta y cincuenta años. Sus fotos mostraban una vida completa y variada. El Derby de Kentucky con sobrinas con tirabuzones. Una boda en blanco y negro en Río. Tostadas francesas en Telluride. Jugando con un precioso *golden retriever* en Central Park. Le encantaban los cuentos de William Trevor, la *raclette* y Abraham Lincoln. Era de ascendencia celta y le encantaban la danza irlandesa y los acentos irlandeses, y las mujeres que sabían tocar el violín y no eran arrogantes. Le encantaba el golf y el agua de coco, pero desconfiaba de la comunidad del yoga en general.

Apartó las manos del ratón. Tenía miedo. Ese miedo digital de demostrarle a alguien que le quieres, que le estás acosando y que has visto su historia de Instagram diecisiete mil veces en una noche. Ahí estaba el botón al final de la página: «¡Dile a DigLitt que es el adecuado!». («No te preocupes, no le diremos eso, solo que no te importaría que te pidiera prestado tu ejemplar de *Una breve historia de casi todo*. Después, tendrá 48 horas para valorar si siente lo mismo»).

Se tocó entre las piernas. Volvió a sentirse hambrienta, como si no se hubiera corrido una hora antes. Se imaginó a John —estaba segura de que era su nombre real—encima de ella. Recordó con cariño el sexo, sus idas y venidas, cómo era mejor cuando el miembro del hombre se deslizaba hacia fuera. Joder, había heredado de su madre la enfermedad de la necesidad.

En el pasado, Grace se había sentido deplorablemente feliz cuando los hombres le habían concedido el más nimio gesto de amabilidad. Si le sostenían la puerta. Si le limpiaban el semen del muslo con una servilleta de papel de calidad. Pero ese hombre. Ese John la amaría. Lo sentía.

Inspiró hondo y pulsó el botón.

———

A los dieciséis años, Grace Magorian aprendió lo que era el amor verdadero y, con la misma rapidez, aceptó que no era para ella.

Otros pedazos del amor habían comenzado antes, a partir de los nueve años más o menos. Por instinto, sabía que «amor» no era la palabra correcta. Las cosquillas en las rodillas durante la cena. Las visitas nocturnas que empezaron en silencio y se convirtieron en sesiones de quince a treinta minutos. Al salir por la puerta, le oía decirle a su madre:

—Otra pesadilla. No te preocupes, Franny. Yo me ocupo encantado.

El caso era que... ¿qué? Que para cuando Grace tuvo edad suficiente para sentir esa noción ovalada, George era lo único con lo que la asociaba. El hecho de que le perteneciera a su madre hacía que fuera mejor. Cada vez que Frances era fría con ella, Grace obtenía sus pequeñas venganzas. La primera noche en que George se convirtió en su amante coincidió con la semana en que Frances casi había olvidado el cumpleaños de su única hija.

—Que me aspen, Grace, hoy cumples quince años. Parece que fue ayer cuando enterramos a tu padre y te me agarraste a las rodillas como una refugiada.

Grace tardó tres meses en descubrir que estaba embarazada. Tenía mucha saliva de más en la boca, pero, por lo demás, se sentía como una chica normal y corriente. Destacaba en clase, tenía un montón de amigos y se acostaba con el novio de su madre una vez por semana. El miércoles era el día especial, en el que Frances salía a comprar comida, algo que le gustaba hacer sola. Era una pequeña rutina. Cuando Frances se preparaba para salir, George se duchaba y se iba a esperar a su despacho, recostado en el sillón de imitación de gamuza, que no comentaban que había comprado precisamente con ese propósito. Se ponía a leer algún libro gordo y bonito. James Joyce, a menudo. Cuando Grace entraba, como una lolita inconsciente, George se aclaraba la garganta y empezaba a leer en voz alta.

—«Fue una noche, tarde, hace mucho tiempo, en una era antigua, cuando Adán cavaba y su mujer hilaba moaré, cuando el hombre de la montaña lo era todo y aquella primera que habían robado de una costilla hacía lo que quería; todo el mundo en sus ojos enamorados y todo el mundo vivía enamorado de cualquier otra persona».

Entonces, Grace acudía a sentarse junto a su cintura y, en el momento oportuno, la gran mano clerical de él se posaba en su cadera. Por incrementos (y fueron esos discretos y lentos incrementos los que llegó a asociar con un deseo vertiginoso, de modo que, durante años, Grace no sintió prisa por el amor), él se sumergía dentro de ella, con el libro encajado en algún rincón de sus cuerpos aún vestidos. Más tarde, ella volvía a correrse, cuando encontraba los cortes del papel.

Al sexto mes era imposible ocultarlo. Una mañana de otoño, Grace salió de la ducha, Frances vio el grosor de la joven barriga de su hija y la agarró por la oreja. Grace dijo que era de un imbécil de Irvington. «Un negro», añadió, a modo de explicación de la fechoría. ¿Dónde estaba George? Grace no recordaba aquellos meses. No tenía recuerdos suyos de entonces, pero aún no estaba muerto.

No la llevaron al médico. Frances le dio a beber unos líquidos negros que parecían jarabe. Pociones, las llamaba. Pero el feto, que evidentemente tenía los genes de Donal Magorian, persistió.

Por la mañana, tenía un solo correo electrónico. De «el indicado», a través de Venus.

El corazón de Grace alcanzó el doble de su tamaño normal. No abrió el correo de inmediato. Primero hizo las tres o cuatro cosas que había estado temiendo. Escribió a ambos Hoppa, Cosa Uno y Cosa Dos, para pedir un aumento. Pagó una factura de la tarjeta de crédito con parte de su escaso efectivo. Pidió una cita para una mamografía. Luego entró en Facebook y les escribió a unos cuantos amigos de Irlanda por los que sentía mucho cariño, pero que la consideraban una hija pródiga, que se había marchado para comer con cucharas de plata al nuevo mundo. «Hola, Angela, bonita foto. ¿Cómo va todo? G».

Durante unos minutos, Grace se perdió en la vida sin dramas de Angela. Tenía una preciosa hija llamada Mary Katherine. Era pelirroja como su madre y como Grace; parecía que todas las chicas con las que había crecido eran pelirrojas. Mary Katherine parecía estar soltera, pero eso no duraría mucho. Tenía más de veinte años, unas tetas eróticas y una abundante melena de color caoba.

Al cabo de un rato, con una taza de té de pino que había robado de la casa de los Hoppa en Ketchum, Grace volvió a leer el perfil de DigLitt. En particular, le encantó su idea de un día perfecto. «Una granja de bayas de invierno recién cortadas, glaseadas por la escarcha. No somos granjeros, pero en invierno podemos hacer cosas, tú y yo, y no decírselo a nadie, que es como se mantiene la bondad. Las nubes son de un azul invernal. Nuestros *huskies* de Alaska están cansados de pasar el día pastoreando las ovejas miniatura. Nos quitamos las botas de invierno resistentes al agua que compramos en Montreal, cuando todo parecía gratis, y nos secamos los pies mojados junto al fuego. Tú calientas la sidra y el Calvados mientras yo lavo las alcachofas y, más tarde, nos las comemos, con el rostro esmaltado en el aceite de la verdura. Te pido que digas "Pudin de Navidad", una y otra y otra vez. Y otra vez».

Le gustaba que el frío fuera helado y que el calor derritiera. Le gustaban los extremos en todo, que los árboles no fueran pinos en las Adirondack, ni secuoyas en Tahoe, sino gigantes en el Yukón. Le gustaba que las mujeres fueran o bien ángeles inmaculados o que estuvieran profundamente dañadas, como una caja de Labatt refrigerada que hubieran enviado sin control de temperatura a Florida.

Abrió el correo. «Querida Grace», comenzaba.

Ay, su rojo corazón.

«Te escribo para decirte».

Entonces, el corazón de Grace se enfrió, como un hígado gris.

El correo terminaba ahí. No había más texto, ni firma, solo una franja de blanco. Al final, «Enviado desde Venus».

Sin duda (¡sin duda!), allí había habido un precioso párrafo entero en el que le decía que ella también era la adecuada, con su amor por Bach y Gaddis y los bidés, pero no se había dado cuenta de que se había borrado antes de darle a enviar. Era un hombre de mundo, había vivido en África y rebosaba pulcritud y caridad, pero no sabía manejar los sitios de citas modernos, ¡por qué debería!

Rápidamente, escribió. «Hola. He recibido tu "Querida Grace", pero el mensaje terminaba después de "te escribo para decirte", así que, querido John, te respondo para decirte que he visto tu perfil y ¡madre mía! También tienes unos ojos preciosos. Me gustan las alcachofas más que a ninguna otra mujer del mundo. No sé si soy la mejor, pero creo que podría serlo. ¿Te importa reenviarme lo que habías escrito?».

———

Cuando el bebé por fin salió de ella, era liso y sedoso, como un conejo en un escaparate. Era demasiado pronto, pero estaba vivo, y la propia Grace era tan joven que no se dio cuenta de que no era demasiado tarde para salvarse. Cuando Frances salió de la habitación a por más toallas, la cosa maravillosa nadó hacia su pecho. No mamó; no le interesaba la comida. Era una niña. Con los labios como filetes de atún y dedos como los zarcillos de la vid que se quedan abandonados después de la cosecha.

Cuando los años borraron los trapecios brillantes de la memoria, a Grace solo le quedó un resumen de la situación. En otra vida, Grace Magorian perdió una hija. Un aborto espontáneo en el séptimo mes. En Irlanda, ¿no? No. Fue en Estados Unidos y, sin embargo, hace muchísimo tiempo. Y recuerda. Las mujeres como ella no valían demasiado. A los hombres les resultaba fácil estar cerca de ellas, pero no se casaban con ellas.

A mediodía, sonó una notificación en el ordenador, pero no era del amor de su vida. Era un correo de los Hoppa. De Cosa Uno, la señora.

«Estimada Grace. Gracias por tu correo, pero me temo que nuestro gestor de cuentas nos ha desaconsejado concederte un aumento. De todos modos, hablaremos de ello un poco más. Haz que revisen el freón en Bridge, anoche no enfriaba bien. Volvemos a la ciudad. Nos vemos. Sra. H».

Les gustaba que Grace estuviera en cualquier casa en la que ellos no estuvieran. Grace hizo la maleta. Le vendría bien estar en los Hamptons. El amor de su vida sentiría la distancia y la buscaría más rápido. Al principio, jugar era necesario.

La cocina de la casa de Bridgehampton era para astronautas, para botas lunares y cuencos de limón sin fondo. Mostradores de cuarcita azul y acero que brillaba como una guillotina.

Grace se había traído alcachofas de la ciudad. Estaban chamuscadas en las puntas, pero por lo demás eran un lujo. Las dejó en la encimera, con dos botellas de clarete. Había dejado de fumar en 2004, pero a veces se le olvidaba y buscaba un mechero. Habían pasado dos días. No le había escrito.

Sabía que, si pasaba todo el fin de semana sin saber nada, volvería a escribirle. Aunque ya era consciente de que aquello era lo bastante hiriente como para que lo odiase. Ya estaba siendo cruel. Una vez más, su vida ya había terminado.

Pero él no era cruel. Colaboraba con Hábitat para la Humanidad. No se limitaba a ir a fiestas benéficas, sino que construía casas con sus propias manos. Había visto todos los episodios de *Sexo en Nueva York*.

«Busco a la mejor mujer del mundo».

Grace recordó, con amargo cariño, la vez que su madre le dijo: «¿Quién te crees que eres con esas pintas, Gracie? ¿La puñetera primera dama?».

Había sido hacía un año, varios días antes de que Frances Magorian muriera plácidamente mientras dormía. Se había bebido una de sus pociones. Lo mejor era que se preparaban con todo lo que ya tuvieras en casa. Ese mismo día le había dicho a Grace: «¿Te acuerdas de mí de color verde, Grace? ¿De aquel vestido que me ponía en el club?».

Frances Magorian no había querido que la olvidasen. Era la terrible situación de las mujeres que querían ser recordadas, en contraste con los hombres que necesitaban olvidarlo todo.

En cierto modo, Grace había sentido que no sería libre hasta que Frances se hubiera ido. En términos de encontrar el amor. Después de todo, mira lo que le había hecho a su madre. Sí, por supuesto que la habían condicionado para la violación, pero ¿no había sido cómplice? ¿No había sido, al final, también una violación contra su madre? Así se lo dijo una vez a una psicóloga. Esta, que era una novata, se quedó atónita. Tenía el pelo corto y canoso y no le gustaban los matices.

Volvió a repasar sus fotos. Admiró su mandíbula de JFK, su piel irlandesa-estadounidense que pronto se arrugaría, pero que, por el momento, seguía siendo preciosa en las pistas de esquí.

—¿Por qué no me escribes? —susurró.

Puso algo de Debussy, decantó el clarete y cortó las alcachofas. Se paseó por la cocina, seleccionó el aceite de oliva River Cafe de la estantería suspendida y sal marina gris coreana gruesa del expositor de especias iluminado de la pared. No se veían los altavoces, pero la música parecía salir de tus propios oídos. Le había enseñado a su madre fotos de la cocina de Bridgehampton en el móvil. «No me gustan esas mierdas modernistas», dijo la anciana, y apartó la cara sin registrar del todo la imagen.

Mientras las alcachofas se asaban en La Cornue azul, Grace cortó un trozo de salami de jabalí y llamó a Talia por el altavoz. Le habló del hombre de Venus y del correo vacío.

Talia era de Pittsburgh, pasando por Israel, pero en realidad no era de ninguna parte.

—Joder, Grace, a quién le importa. Tienes cincuenta años, no puedes permitirte andarte con jueguecitos. Escríbele otra vez y punto. ¿Cómo se llama ese sitio? ¿Cómo es que no lo conozco?

—Funciona por invitación. Tienen que invitarte.

—Coño, pues invítame.

—También tienen que investigarte —dijo Grace.

—Pues invítame y que me investiguen, hostia. Creo que acabo de tener la última menstruación.

Grace se imaginó a Talia en su apartamento, un quinto piso sin ascensor en Chinatown, con el bullicio de la ciudad y el vapor de las gambas del restaurante de abajo. Llevaba probablemente un negligé granate y se habría puesto perfume.

—Es que tengo… Tengo que haber sido miembro durante un cierto tiempo.

—¿Pretendes ocultarme las llaves del reino, zorra de mierda?

Talia le resultaba un misterio. No parecía querer nada; solo disfrutaba de la sensación de querer. Eran amigas porque ambas eran de mediana edad y solteras. Las divorciadas no se acercaban a mujeres como Grace y Talia. Las cincuentonas que nunca habían estado casadas eran zombis que comían queso asqueroso y olían a llanto.

Mientras Talia parloteaba de una cita reciente de Tinder, con un sesentón que se había emborrachado, increpado a una camarera y confesado lo triste que le resultaba que ya no le importara que una mujer estuviera buena y que le daba igual que tuvieran lunares peludos en los labios; él solo quería follar con lo que fuera que se le pusiera delante. Grace abrió el portátil, se conectó a Venus y le escribió a DigLitt. «¿Sigues ahí, amor de mi vida?». Borró eso y escribió: «Por favor, necesito una señal». También lo borró.

———————

«La vida no se acaba hasta que uno quiere —le dijo Frances Magorian a Grace mientras sostenía a su brillante niñita azul contra el pecho—. La gente se va cuando quiere. Lo mismo ocurrió con tu padre».

¿Era irracional haberse quedado así de paralizada porque alguien a quien no conocía, a quien nunca había conocido, la hubiera dejado colgada?

Se sentó un rato en la bañera de madera de *hinoki* de Cosa Uno. El agua hervía y el aceite de eucalipto olía a un veneno agradable. Sin embargo, nunca había sido capaz de soportar un baño. Quedarse ahí sentada, sin más, le parecía un despropósito. Salió con el corazón acelerado por el calor del agua. Aún le goteaban las manos cuando buscó el teléfono. Un correo de Country Living. «Diecisiete postres explosivos para el 4 de julio». Nada más.

No, no podía ser. Estaba claro que había un problema con la mensajería del dichoso sitio moderno. «Como todo lo creado por *millennials* —pensó Grace—. Bonito, pero vacío».

Tardó varios minutos en encontrar un número de contacto de Venus. Contestó una chica que, sin duda, tenía las uñas de color cobalto. Grace explicó la situación, el correo en blanco y el silencio posterior. La chica, que se llamaba Jo, le pidió su nombre de usuario y el del hombre al que amaba. Durante varios minutos, hubo silencio al otro lado de la línea y Grace sintió los ojos de la chica en su perfil, como una perra rabiosa que no tenía ni idea de nada. «Sí, claro, como que voy a creerme que este hombre te ha escrito, vieja bruja». Miraría los perfiles de ambos y pensaría «señora, sea realista».

Cuando la voz volvió a la línea, Jo le dijo a Grace que no había habido cortes en su parte y que no podían hacer nada.

Si alguien no le respondía, le recomendaban que pasara a lo siguiente lo más rápido posible.

—¡Entonces para qué cojones me has pedido los usuarios!

—Lo siento, señora —dijo la chica. Nunca una voz había sonado tan lejana.

En cuestión de minutos, Grace estaba desnuda a horcajadas en la silla de capitán de caoba del despacho de Cosa Dos y alternaba con rabia entre las pestañas del portátil. Buscó en el perfil de DigLitt frases y lugares que pudiera relacionar para averiguar su verdadero nombre. No lo buscó en Facebook, porque en su sección de «visión del mundo» calificaba las redes sociales como «un lugar para aquellos que no creen que les vayan a pasar cosas malas, que piensan que se les deben las buenas y quieren que te enteres de todas cada una de las veces que se van de vacaciones a Miami».

Pasó cuatro horas investigando. Fue febril. No se dio cuenta de cómo pasaba el tiempo. La única vez que había sentido un deslizamiento del tiempo tan divino fue en un baile del colegio el año anterior a acostarse con George. Había bailado la mayor parte de la noche con un chico llamado Bri'an, que parecía demasiado bueno para ella, pero que no actuaba como tal. Llevaba una chaqueta a cuadros y su piel tenía atractivas cicatrices del acné.

A pesar de su inteligente esfuerzo, de buscar en Google sobre África, Brasil y arquitectura y todas las pistas de su perfil, no encontró una página de LinkedIn ni nada. Nada en absoluto.

Se tomó una pastilla del botiquín de Cosa Uno. Era un óvalo rosa, como el comienzo de una mujer. Al principio, solo quería guardársela para otra cita. Tenía un almacén en el estudio, de pastillas y pequeños tesoros que había acumulado de los Hoppa durante años. Pensó en lo fácil que habría sido para su madre si hubiera tenido unas pastillitas tan bonitas en lugar de la pócima de una mujer pobre, que era la basura blanqueante que se guardaba bajo el fregadero. Se puso la pastilla bajo la lengua. Le pareció muy pequeña, como si no fuera a servir de nada. Así que se tomó otra.

A medida que se ponía el sol, Grace Magorian empezó a sentirse salvaje. Los muchos años de soledad se apilaban en su interior como una indigestión. No sabía dónde estaban el ama de llaves ni el jardinero. Si había alguien en casa, alguien vivo, en aquella mansión sin aire. Desnuda, se comió las alcachofas sobrantes sobre el fregadero de la cocina y los jugos verdes le bajaron por la barbilla y el cuello, hasta sus pechos de tamaño mediano y con pecas. Luego salió fuera, todavía desnuda. El patio de atrás era un rectángulo solitario de césped primitivo rodeado de setos. Había una piscina, por supuesto, tan solitaria como era de esperar, y dos sillas Adirondack que miraban hacia el interior esmeralda. Se llevó el portátil al borde del agua y se tumbó junto a él. Sintió la elegante piedra en la piel.

Se creó una nueva cuenta de correo y luego se mandó una invitación para Venus. Sabía exactamente lo que quería y no le costó encontrar un puñado de imágenes en Facebook. Mary Katherine, era, por supuesto, unos años mayor de lo que habría sido la hija de Grace, pero se acercaba lo suficiente.

Para entonces estaba cansada, con los ojos deformados por los garabatos del texto, así que escribió un párrafo escaso en la sección «Sobre mí». Nombró algunas películas que podrían gustarle a una boba, dijo que vivía en Fort Greene, que le gustaba el clima templado y el tacto de los libros viejos. Borró la última parte y la sustituyó por algo sobre galerías de arte y viajes en avión, se llamó a sí misma Toni y le dio a «Guardar». Entonces, sintiéndose libre, ligera y despojada de esos más de veinte años de más, volvió a encontrar a DigLitt, con esos ojos que brillaban fríamente en la foto de la pista de esquí, que se había puesto como imagen principal, lo que significaba que se había conectado desde la última vez que le había escrito.

Sacudió la cabeza de un lado a otro, para sentir el zumbido de la sangre. Entonces, Grace hizo que Toni le dijera a DigLitt que era «el indicado».

Hubo un ruido detrás de los setos. Más alto que un susurro. Grace se paralizó. Talia había querido ir. Siempre quería acompañarla, beber el alcohol de los ricos y hablar de sí misma. A veces, hacía cosas impulsivas, pero antes le habría escrito.

—¿Talia? —preguntó. No se oyó ningún sonido.

En lo que le pareció un acto de autopreservación, Grace se metió en la piscina. Estaba fría. Incluso en el calor del verano. Otro derivado de la tacañería de Cosa Dos.

Se produjo otro ruido más fuerte, un golpe persistente, como una cabeza humana que cae de un banco del parque sobre la hierba.

—¿Hola?

«Es él —pensó Grace—. Viene a por mí». Tal como llegó George, la noche preliminar en su habitación, cuando Grace se dio cuenta de que era lo que Dios le había enviado, lo que Él sabía que necesitaba: no otro padre ni un amante infantil, sino algo glorioso y firme entremedias. «Estoy lista para que el amor me trague».

Le había dicho a su amiga por teléfono: «No lo entiendes. El perfil de este hombre. Es encantador. Es perfecto. Amable, divertido y le gustan los libros y las películas correctas. Por Dios, si hasta hay una foto en la que sale revolviendo una enorme olla de cigalas con todo un grupo de bebés mongoles en las rodillas».

«A mí me suena igual que cualquier otro cretino», dijo Talia.

Otro ruido en la maleza, tremendamente fuerte. Seguido de un gemido, no humano, pero que tampoco parecía provenir de un animal, aunque debía de serlo. Habría sido un ciervo que había venido a morir entre los arbustos. Atropellado por un Range Rover en la vieja carretera de Montauk, se había esforzado por llegar a aquella parcela privada de tierra para adentrarse en la noche con placidez.

Grace Magorian no estaba triste ni tenía miedo. No se compadecía ni pedía nada a cambio.

En la espesura, el ruido persistió durante un minuto o algo menos. Luego se detuvo, como un metrónomo, cuando las vibraciones persisten. Se imaginó una sangre fría y suave, como una yema de huevo, que se extendía alrededor. Comprobó la cuenta de correo de Toni Magorian en busca de lo que sabía que estaría allí. Las puntas de sus dedos goteaban agua fría entre las teclas planas. Se sintió joven en la piscina, tanto como había sido antes de envejecer.

Quizá se desmayó y, cuando recuperó el conocimiento, volvió a mirar la pantalla. Los ojos del amor de su vida eran sorprendentes.

Sus ojos no la traicionaron. Sin embargo, ahora Grace sabía dónde estaba la gente buena. Por supuesto, siempre había sabido que, mientras que las mujeres mayores envejecían con elegancia y abandonaban las sacudidas de la juventud, los hombres se aferraban con uñas y dientes a la base de su poder: el dinero. Si no tenían, odiaban el mundo. Modernos. *Bitcoin*. Si tenían mucho, temían que todo el mundo intentara robárselo. Si tenían una hijastra, entonces esa era la única vez que tenían miedo de las mujeres.

Sumergió la cabeza bajo la superficie del agua. El cuero cabelludo se enfrió como la piscina. Abajo no oía nada. Todo su cuerpo se volvía insensible como una uña del pie. Abrió los ojos y se dio cuenta de que nunca había abierto los ojos bajo el agua en la oscuridad, ni una sola vez en toda su vida. Había mucho que ver. Grace vio los pulgares de su padre, los límites de su risa, la gran viña de su pecho. Vio el baile con el chico en el viejo granero la noche que pasó demasiado rápido. En la capa más profunda del agua, vio los labios azules y mordidos de su hija, una joven por la que todos los chicos se habrían vuelto locos. Todos los bailes en el granero, las noches con vestidos verdes. Por fin, entre el traqueteo del agua, oyó a su madre. «Deja de esperarlos, Gracie. Deja de buscarlos». Entonces oyó a la anciana reír, del modo en que se puede oír a alguien reír bajo el agua.

Mientras tanto, el agua se volvió más oscura, cálida y dulce. Por encima de la superficie, la noche se cambiaba de ropa. En algún lugar olvidable como Filadelfia, una chica guapa tocaba a Debussy para un auditorio de carraspeos. Hasta ahora, solo había aprendido a esperar el aplauso. La música llenaba la sala y se extendía por todos los rincones. Se elevaba hasta el techo y presionaba con fuerza las puertas, se dispersaba en la fina noche, salía por los altavoces de las cocinas de los ricos y de los pobres, y hasta debajo del agua goteaba por esos altavoces ultrasónicos de Diluvio que brillaban como putos extraterrestres. De modo que Grace oía la música alta y clara.

—Sí, señora —dijo Grace Magorian. El mejor hombre del mundo no existe, pero la mejor mujer sí. Soy yo. Soy lo que buscas.

SUMINISTRO
DE AIRE

Cuando tenía dieciocho años, fui a Puerto Rico con mi amiga Sara. Ella era, y todavía es, más guapa que yo, en plan zorra de los noventa. Entonces, igual que ahora, tenía el pelo moreno y muy liso. Reservamos el viaje por uno de esos anuncios del periódico, 299 dólares, todo incluido, con traslados desde el hotel y el casino El San Juan. Así era cómo la gente reservaba las vacaciones. Al menos, la gente como nosotras. Mujeres jóvenes de familias de clase media.

Las dos teníamos novio. El suyo era un analista de bolsa mayor que dejó a su mujer por ella. El mío era un entrenador de porteros mayor de Escocia, que bebía Canadian Club y Coca-Cola. En aquel momento, me parecía elegante.

Ninguna de las dos quería a su novio. Sara siempre había creído que James la engañaba y viceversa. No me preocupaba que mi entrenador de porteros me fuera infiel. Me dijo que nunca bebía mucho cuando yo no estaba, porque cuando la gente bebía demasiado, hacía cosas de las que se arrepentía. Solo llevábamos cuatro meses saliendo, pero se portaba como si fueran cuatro años. Era como una mujer.

El padre de Sara nos llevaba en coche al aeropuerto. Era sacerdote o diácono, el que sea que tiene permitido acostarse con mujeres.

El entrenador de porteros, Mo, me dejó en casa de Sara. Montó un espectáculo al despedirse con un morreo en el que me metió la lengua hasta la garganta. Incluso me llevó flores. Cuando subí al coche del padre de Sara, estaba enfadada. No me habló en todo el trayecto y su padre nos hizo el tipo de preguntas generales y calcáreas cuyas respuestas ya debería conocer. Más tarde me dijo que era raro que me enrollara con mi novio delante de su padre. Porque su padre era un hombre de Dios. No supe qué decir. Por un lado, yo no había querido enrollarme con Mo y, por otro, cuando mi padre murió unos meses antes, el de Sara había sido como un trozo de madera. Esperaba obtener algo espiritual de él. En vez de eso, se me acercó con excesiva amabilidad, se encogió de hombros y dijo algo así como que el tiempo cura todas las heridas. Así que no me sentí mal por haberme morreado delante de él.

Pedimos unas copas a las tres de la tarde, en el bar del aeropuerto. Teníamos las piernas delgadas y bronceadas. Éramos bajitas, como *jockeys*. Ya conocía el sufrimiento y el duelo, pero nunca más volvería a ser así de libre, pequeña y espontánea.

—Hay un dos por uno en margaritas —dijo Sara cuando opté por un *bloody mary* en la segunda ronda.

—No me apetece otro margarita —respondí. El verbo «apetecer» me sabía bien por entonces. En el futuro, en la universidad y en los pocos años que siguieron, conocería a chicas con mucho dinero que, incluso mientras gorroneaban unos pavos para comprarse una bolsa de hierba de diez centavos, tenían padres en casas coloniales con medios para sacarlas de las malas relaciones y noches. Una vez, había visto a la madre de Sara cocinar una caja de Potato Buds después de encontrar no solo una cucaracha dentro, sino una pequeña colonia de huevos gestándose en la parte superior. La iglesia les pagaba la manutención, pero la iglesia no tenía mucho.

Chasqueó la lengua. Poco después, me perdonó por ser una capulla.

Es curioso pensarlo ahora, pero los chicos siempre nos miraban. Todos los chicos y hombres con los que nos cruzábamos. Adolescentes, casados, viejos, lo que fuera. Si yo no bastaba o Sara no era suficiente para que volvieran la cabeza, las dos juntas seguramente sí. Hoy, tengo que ir maquillada y llevar el pelo liso, o ir vestida con ropa sugerente. Supongo que cualquier tacón serviría, todavía, pero, por entonces, lo único que necesitaba hacer era respirar.

Cuando aterrizamos en Puerto Rico, fue una locura. Los hombres puertorriqueños y los que estaban de vacaciones eran aún peores que los hombres normales de Nueva Jersey. Se nos comían con los ojos. Largas miradas, de arriba abajo, que analizaban a una persona entera. Ahora el mundo es diferente, pero entonces no pensábamos en ello. En todo caso, lo medíamos. Las dos tratábamos de averiguar quién provocaba que la miraran más. Sara tenía el pelo liso y unos rasgos muy fáciles. No había que mirarla demasiado para determinar que era guapa; era una conclusión inevitable. Yo intentaba ayudar con gestos sexuales, como juguetear con la pajita de una bebida con la lengua o ladear el cuello y el cuerpo. Nada me preocupaba más que alguien tuviera que calcular mi valía y que yo tuviera que presenciar cómo lo hacía.

De camino al complejo hotelero, pasamos por delante de mucha pobreza. Un niño sostenía una vara y perseguía una gallina. Había perros callejeros por todas partes con bigotes grasientos. Nadie iba peinado. Las casas eran de color aguamarina y rosa, y plantas de la selva, sucias y marrones, cubrían las ventanas sin cristales. Parecía que todas las madres tenían más de cuatro hijos sin camiseta. Vimos a muchas de ellas. Recuerdo que pensé que todas eran más fuertes que la mía, que no sabía escribir un cheque ni conducir, que no sabía ser madre desde que mi padre ya no estaba. Quería que yo fuera su marido. Se lo dije a Sara en el camino. Ella miraba por la ventana y se tocaba el pelo.

—Solo tiene miedo —comentó ella.

Quería golpearla, porque a mí nunca me había mostrado esa simpatía. Tampoco se preocupaba. Lo digo en serio; jamás

133

la he visto preocuparse. Es cierto que éramos jóvenes, pero incluso una década después, cuando a su madre le tuvieron que cortar ambos pechos, Sara se limitó a decir que tenía fe en que todo saldría como debía. Lo interpreté como que no quería a sus padres tanto como yo a los míos. O tanto como yo había querido a mi padre, que había sido mejor que el suyo. Que había sido un mejor hombre de Dios, aunque maldijera y fumara y condujera a toda velocidad por la autopista, hasta el día en que murió en una.

———

La primera noche, fuimos al casino del hotel justo después de cenar. Yo llevaba un vestido rojo con un hombro descubierto que se ceñía a mis caderas y el trasero, y Sara, un vestido de felpa azul claro con cuello *halter*. Por aquel entonces, creo que yo tenía mejor cuerpo. Mi culo y mis piernas eran más excitantes. Sin embargo, Sara era un poco más alta y tenía el cuello un poco más largo, así que, a primera vista, parecía que tenía el mejor cuerpo. Ahora definitivamente lo tiene. Perdió mucho peso después de dar a luz. Yo no. Pero fue más fácil para ella. Apenas comía.

A Sara no le gustaba jugar, así que yo jugaba al *blackjack* en una mesa de diez dólares mientras ella esperaba detrás de mí, como si fuera mi novia. Detestaba el concepto del juego, de malgastar el dinero en cualquier cosa, pero le encantaba que nos dieran bebidas gratis en el bar del casino. Tomó vodka con arándanos y lima. Yo tomé *bloody marys* a pesar de que era de noche. Nos emborrachamos mucho, aunque, en retrospectiva, esa primera noche fue la más tranquila. Subimos a la habitación y nos cambiamos. Me puse un corpiño de seda con estampado de cerezas y una falda larga de vuelo. Chapoteamos en una fuente del vestíbulo del hotel. Nadie nos mandó parar. En realidad, solo yo chapoteé y ella me sacó una foto. Todavía la tengo. No me creo que me preocupase mi aspecto en aquella época. En la foto, estoy superbronceada, tengo el pelo tan negro que destaca contra mi piel cálida, y estoy muy delgada, pero también tengo curvas. Cuando miro esa foto, siento que estoy observando a una chica preciosa.

Bailamos en un bar de la playa y todos los hombres del lugar se nos acercaron. Nos invitaron a bebidas azules y blancas. Yo apagaba cigarrillos en botellas de Corona. Sara y yo nos besamos, porque era algo que hacíamos de vez en cuando. Le sujeté con delicadeza el cuero cabelludo. Sabía qué hacer para que los hombres se volvieran locos. Tenía los labios muy suaves, nunca lo olvidaré, pero no pensaba mucho en ella en aquellos momentos. Estaba demasiado ocupada pensando en cómo se nos veía desde fuera.

Sara se emborrachó como siempre lo hacía. Balanceaba el cuerpo y sus ojos se volvían pequeños y poco fiables. Yo rara vez me emborrachaba así. Me convertía en una triunfadora y luego me ponía enferma. Sin embargo, Sara podía balancearse durante horas, como un débil barco en el mar. Durante la última octava parte de la noche, hablamos con dos chicos de Cincinnati. Nunca había conocido a nadie de Cincinnati y no he vuelto a toparme con nadie más de allí. Es uno de los pocos lugares del país por los que no he pasado. Estoy segura de que Sara ha estado allí. Trabaja para una fundación contra el cáncer y da conferencias en sitios como ese.

Los chicos eran un poco mayores que nosotras, estudiantes de primer o segundo año de universidad. Uno era mucho más guapo que el otro. A Sara siempre le gustaba el que era más extrovertido. Supongo que a mí también, pero yo valoraba más el atractivo que ella. Al más guapo le gustaba más Sara. O estaba más borracha. No lo sé. Sea como sea, en algún momento me retiré. Pienso en todas las pequeñas competiciones en las que he participado a lo largo de los años, con Sara y otras amigas que vinieron después. En perspectiva, me parece una pérdida de tiempo y, sin embargo, si volviera atrás, sabiendo lo que sé ahora, no creo que actuara de otra manera. Pienso que aún le guiñaría el ojo a un chico a espaldas de mi mejor amiga.

El guapo volvió a la habitación con nosotras. Sara y él se tomaron de la mano y yo me adelanté con la llave. Estaba cansada y aburrida y pensé que, si estuviera en casa, al menos podría hablar con Mo sobre la poesía de las letras de las canciones.

El chico de Cincinnati le practicó sexo oral a Sara en su cama. Me dormí con el sonido de los lametones. En secundaria, ella era una de las únicas chicas que tenían un novio fijo. Era chileno y muy guapo y siempre los miraba en del vestíbulo después de las clases, cuando se besaban lenta y suavemente. Estaba celosa. Sara y yo aún no éramos amigas y nunca me habían besado. Todavía estoy celosa, después de todos estos años, incluso después de que me dijera que las manos del chico siempre olían a pene. Que una vez incluso le preguntó si acababa de tocárselo y él reconoció que sí. Sigo sintiendo celos, hasta después de todo lo demás.

Cuando nos despertamos, el chico se había ido y Sara tenía el vestido enrollado en la cintura como un cinturón ridículo. Se me había olvidado llamar a mi madre la noche anterior y Sara se había olvidado de llamar a su novio, así que nos pasamos toda la mañana bebiendo zumo de naranja en la bañera de hidromasaje junto a una de las muchas piscinas mientras tranquilizábamos a la gente de casa. Estábamos un poco enfadadas la una con la otra, porque el día estaba nublado y nos dolía la cabeza.

Por la tarde, ya nos habíamos recuperado por completo. Comimos ceviche y me empeñé en ir a la Ciudad Vieja esa noche. Por el camino, tuvimos que buscar una farmacia porque Sara tenía mucha acidez. Era la única vez que la había visto quejarse de una dolencia física. En el futuro me convertiría en una especie de hipocondríaca y Sara se reiría de mí, de la idea de que una persona joven y sana contrajera una enfermedad rara y terrible.

Sara no me ayudó a buscar. Nuestra relación, sobre todo entonces, era como la de una pareja de los años cincuenta. Yo era el hombre y ella, el ama de casa. Hablaba poco y siempre miraba por las ventanas. Esperaba que yo le proporcionase la diversión, que decidiera dónde comer y cómo volver a casa. Estaba acostumbrada a ese papel. Era la relación que habían tenido mis padres y la que mi madre quería recrear conmigo.

—Me encuentro fatal —dijo, y se llevó una mano al pecho mientras nos adentrábamos en el distrito comercial central del Viejo San Juan—. ¿Has visto alguna farmacia?

—Sí —dije—. Pero no me he parado.

—¿Eh? ¿Por qué?

Aparqué el coche en lo que me pareció el lugar perfecto. Justo delante de la estatua de San Cristóbal. Se veía el mar y toda la ciudad a nuestros pies. El atardecer era muy diferente al de casa. Había tantas estrellitas que parecían alpiste para gallinas extendido por el cielo. Allí, en Puerto Rico, resultaba más fácil que mi padre estuviera muerto que en casa, en Nueva Jersey. Sentí pena por mi madre, pero en un sentido más alejado de lo habitual.

Las dos llevábamos tacones y avanzamos con poca estabilidad por los caminos empedrados. Estaba húmedo y el aire olía a flores, sudor y comida. En algunas de las partes más empinadas, Sara me dio la mano, a pesar de que yo llevaba unos zapatos más altos. No teníamos ni idea de cómo iría la noche, de hasta dónde llegaría o hasta qué punto sería memorable.

Elegí un animado gastrobar con sillas de color verde lima. El único requisito de Sara para cenar era que el restaurante tuviera sitio para sentarse al aire libre y garrafas de vino barato de la casa. Ha seguido así hasta hoy, incluso en los restaurantes de *sushi*. Mi marido y yo solo comemos en lugares que tengan un cierto número de críticas de cinco estrellas. El ambiente se ignora en favor de la calidad de la comida, pero por entonces Sara y yo solo queríamos pérgolas, vegetación y tartar de atún servido en hojas de palmera.

Yo fumaba entre plato y plato. El camarero y el ayudante de camarero nos gustaban a las dos. Probablemente a mí más. A mí me atraían más los trabajadores del sector servicios. Hablaba un español decente. Para Sara no era problema no conocer el idioma. Su sonrisa era como un pasaporte. Estaba segura de sí misma y siempre feliz, incluso con el ardor de estómago. De todos modos, al final encontramos una farmacia, justo antes de la cena. Le puse tres antiácidos de Tums en español en la lengua. Rebusqué en el bote para encontrar los de color rosa.

Quería pedir los molletes criollos, pero a Sara no le habrían gustado. Odiaba las cosas fritas y grasientas, seguramente por cómo se crio. Le gustaban el pescado crudo, los sabores limpios y melosos. Las ensaladas de frutas. Pedí un mero curado con cítricos servido sobre un lecho de jícama en tiras.

—Qué rico —dijo cuando llegó el plato.

Bebimos tanto vino que el camarero no paraba de rellenarnos las copas. Nos reímos mucho. Recuerdo la temperatura de mi piel, como un tomate dejado todo el día al sol. Tenía el labio superior en carne viva por las quemaduras. Había pensado que me costaría mucho dejar de sentir la pérdida, amplia y aguda como si me hubiera mordido un tigre, pero resultó que sentirse joven, guapa y libre en Puerto Rico funcionaba.

—Quiero romper con James —anunció Sara. Siempre lo decía, pero esa noche parecía más probable.

—¿Estás segura? —pregunté.

—No vamos a ninguna parte. No me gusta que se meta tanta coca.

—Tú te metes coca.

—Sí, pero solo por él. Quiero estar con alguien que no me deje tomar coca.

—¿Habéis hecho las paces por lo de anoche? —pregunté. Era mi manera de reconciliarme con ella. Las dos lo sabíamos. Era una pregunta que debería haberle hecho horas antes, cuando colgó el teléfono.

—No lo sé. Va a ir a la despedida de soltero de Robby el fin de semana que viene. Creo que tengo que romper con él antes de eso. Quiero ser libre.

—Eres bastante libre —respondí, en referencia a la noche anterior, al chico de su cama. Ella sonrió.

—Me refiero a ser libre para no tener que preocuparme por lo que esté haciendo.

—Claro —dije.

Su relación con James se prolongaría durante varios años más, sin que se produjera ningún cambio. Tendríamos cientos de conversaciones como esa y nada cambiaría. Tenían peleas salvajes. Una noche, James abrió un agujero de un puñetazo en la puerta de un motel para llegar hasta ella, como en *El resplandor*. Otra, después de la boda de otra amiga, la llamaría «puta» y «chusma blanca» mientras yo los llevaba en coche de vuelta a su apartamento. Otra noche, poco después del funeral de mi madre, Sara me presentaría a un chico que creía que me haría olvidar esa nueva muerte, pero James pensó que quería acostarse con el chico con el que pretendía emparejarme. Yo creería lo mismo. Aun así, la relación persistió, hasta el día en que terminó, sin fanfarrias, más bien sin pena ni gloria. Ella conocería a alguien nuevo, alguien que también se metía coca, pero que sabía que era mala. El hombre nuevo llamaba a la cocaína «mal tipo» y ella se rio al contármelo. Me acordaba de su relación con James y de lo que significaba con respecto a nuestra amistad. Siempre había sido algo amenazante. Su presencia grandiosa y sin gracia siempre había resultado reconfortante. Y triste al final.

Justo después de terminar los entrantes, la noche se transformó. No en algo terrible, aunque entonces sí lo sentí así. Ahora, es probablemente uno de los recuerdos más bonitos que tengo.

Nos fijamos, por primera vez, en un grupo de hombres que estaban sentados cerca. Eran cinco, dos mayores de cincuenta y tres menores de veinte. En la mesa tenían una jarra de margaritas, varios tipos de bebidas mezcladas, varias cervezas Tecate brillantes, además de una botella de Grey Goose y una jarra de zumo de arándanos. La mitad estaba fumando. Los jóvenes eran vagamente guapos, con cortes de pelo interesantes. Los mayores tenían barriga y el pelo de punta. Eran cautivadores, porque aparentaban tener dinero. La mesa en su conjunto era bulliciosa. Puse un cigarrillo en la antigua boquilla de plata de mi madre. Oí el chasquido del Zippo antes de ver la llama.

—Señoritas —dijo una de los más jóvenes. Cara rechon-cha, pelo y cejas teñidos. El aliento le olía como si le hiciera falta pasarse el hilo dental. Nunca lo olvidaré. «¿Qué tienen los hombres con mal aliento que me hacen sentir violada?», le preguntaría a Sara más tarde. Ella fruncíría el semblante y negaría con la cabeza, como si estuviera loca. No le recordé a su novio con las manos con olor a pene. No habría establecido la conexión.

—¿Sois famosos? —pregunté.

—¿Cómo lo has sabido? —dijo uno de los dos hombres mayores. Acento británico, sonrisa como una línea serpentean-te, cuello de acordeón. Hoy, sigo sin saber qué quiso decir con eso. Por esa misma lógica, no sé qué me hizo pensar que lo eran.

Sara le dio un sorbo a la pajita del margarita y parpadeó como un cervatillo.

Nos dijeron quiénes eran. Un grupo de pop-*rock*, forma-do por los dos mayores a finales de los setenta. Me sonaba el nombre. Sabía que mi hermano mayor los conocería. Lo que no sabía entonces y que se me olvidaría buscar durante muchos años, era que no eran tanto un grupo como un dúo y que los más jóvenes no formaban parte del grupo, sino que solo eran músicos de apoyo. Que dijeran que estaban en el grupo no significaba nada. Entonces, no lo sabía. Así que flirteé con los jóvenes. Sara nunca había oído hablar de ellos, pero tenía una especie de sensor para localizar la relevancia. Fue a sentarse al lado de Graham, el británico mayor con el pelo de punta y los dientes de color *beige*.

Nos emborrachamos con chupitos y sangría. Antes de que el grupo se disolviera, nos hicimos una foto que aún conservo. Jan y los demás miembros sentados o de pie junto a la barra. Yo como un kayak que cargaban a un lado. Esa y la foto en la fuente son las dos únicas que tengo de Puerto Rico. Era la época anterior a los móviles.

No sé exactamente cómo ocurrió lo siguiente. Estaba bo-rracha. Estaba cansada de asegurarme de cuidar de una mujer. Dejé que Sara se fuera con Graham. Fue una locura que lo hiciera. No tenía miedo de nada, pero, como he descrito, también sabía encontrar los momentos adecuados. No siento celos por eso, sino que la admiro. Cada vez que me enfrento a la más mínima adversidad, pienso en Sara, en cómo (casi siempre) desearía ser ella y no yo.

Lo primero que ocurrió fue que nos acompañaron al coche. Íbamos a seguirlos a su ostentoso hotel para tomar una copa. Sin embargo, se me había olvidado dónde estaba aparcado el coche de alquiler. Paré a un lugareño que pasaba por allí y le pregunté en español:

—Disculpe, ¿dónde está la estatua de San Cristóbal?

Ladeó la cabeza hacia mí. Miró a todo el grupo. Se rio con crueldad.

—Hay muchas estatuas de San Cristóbal —respondió, y se marchó.

—Ah, ¿no lo sabías? —dijo Sara. Los del grupo se rieron—. La señorita sabelotodo se ha equivocado.

Me lo merecía, pero, aun así, me cabreé. Dije que encontraría el coche sola y que me reuniría con ellos en el hotel. El joven del pelo teñido se ofreció a ayudarme. Vi que Sara se alejaba, dando saltitos como un poni, del brazo de Graham. Se me pasó por la cabeza que no volvería a verla.

Me quité los tacones y Jake, el chico, los llevó. No recuerdo bien esa parte. Nunca había estado más borracha, ni había sido más feliz. Entramos en bares de tequila con mala pinta y tomamos chupitos. De casi todas las entradas colgaban luces de fiesta de colores. Me ardía la garganta de una manera que me hacía sentir viva. Ya nunca bebo chupitos. Los declaro inmaduros incluso antes de que empiece la noche.

—Mi padre murió —le dije a Jake cuando sentí que estaba a punto de besarme.

—El mío también —contestó.

En casa, cada vez que Mo sentía que me perdía, decía que echaba de menos a su padre. No sabía que yo tenía un poder mágico y sabía cuándo la gente no echaba de menos a sus muertos.

Cuando Jake hizo lo mismo, salté, me colgué y me balanceé de la liana de un árbol baniano.

—¡Epa! —dijo, y extendió los brazos como si tuviera que atraparme. Me balanceé con fuerza de un lado a otro y me impulsé con las piernas como si estuviera en un columpio. No recuerdo caerme, pero debí de hacerlo en algún momento, de otro árbol baniano, más tarde. Había muchos. Sé que me caí porque me dolió mucho la cabeza en un punto durante todo el día siguiente. En aquel entonces, no le di importancia. Hoy en día, me habría hecho una resonancia magnética.

No sé en cuántos bares nos paramos. Intentó besarme varias veces más. El aliento le olía fatal. Era estadounidense e intentaba parecer británico. Era décadas más joven que Mo y, sin embargo, eran igual de infantiles en su virilidad. Mi padre nunca había sido un niño. Mi tío me lo confirmó. Mi padre ya era un hombre a los once años, cuando le retorció el cuello a un perro rabioso con las manos y lo mató al instante porque intentó abalanzarse sobre una niña vecina. Era un hombre a los veintiuno, cuando, mientras estudiaba Medicina en el extranjero, envió collares de oro a casa desde Italia, con una nota en la que informaba a su madre de que el oro de dieciocho quilates era más barato en Italia. Fue un hombre todos los días de mi vida, excepto, si me pongo en plan clínico, el día en que se mató por exceso de velocidad en una autopista. Solo un crío se deja matar de esa manera.

—Crees que sabes mucho de los hombres —me había dicho Sara ese mismo día, cuando aún estábamos molestas y con resaca. El agua del *jacuzzi* estaba tibia. Una capa de espuma gris se había acumulado en las esquinas. Hoy en día, no me meto en los *jacuzzis* a lo loco. Solo en los de hoteles caros donde seguro que la gente está más limpia que yo.

—Sí —respondí, e imaginé a mi padre frente al suyo en la cima de un edificio en algún lugar.

—Eres una sabelotodo —dijo. Tenía una forma de poner los ojos en blanco que me hacía sentir insegura, incluso cuando las palabras decían precisamente lo contrario. Una vez, le corregí la pronunciación de la palabra «traviesa». «Trasviesa», decía. Me reí de ella. Una extraña parte de mí se enfadó con ella por decirlo de esa manera.

En algún momento, en las calles de San Juan, a la luz verde y violeta de cierto bar, me preocupó de verdad no volver a verla. Me sentí idiota por corregirle la pronunciación. Era tan guapa que no le hacía falta vocalizar bien. Tal vez eso era lo que me había enfadado tanto.

Entonces, por arte de magia, miré hacia una colina y recordé que era allí donde estaba el coche, justo detrás de una iglesia.

—Esperaba que no lo encontráramos nunca —dijo Jake, de una manera que le debió de parecer romántica. He sentido repulsión muchas veces desde entonces, pero ese fue uno de los peores casos.

Dijo que conduciría él.

—No, el coche de alquiler está a mi nombre —lo contradije. Le mencioné que quería ver la selva tropical. Me dijo que había una entrada a la que podíamos ir. Una entrada fuera de horario que conocía.

—Tengo que ir a buscar a mi amiga —dije.

—Está bien.

Los hombres que quieren follar siempre están muy seguros de que todo el mundo está bien. Estoy convencida de que la mayoría de las veces tienen razón. Nunca he tenido más ganas de follar que de asegurarme de que alguien estuviera bien. Estoy segura de que Sara es lo contrario.

—¿Dónde os alojáis?

—El Condado.

—¿Ahí está Graham?

Me tocó una pulsera de la muñeca. Repetí la pregunta.

—Creo que está en el St. Regis.

—¿No te pagan la estancia?

—Sí, claro —dijo Jake, confuso, y luego enfadado.

—¿Sabes llegar?

—No —contestó. Me dieron ganas de darle un puñetazo en la boca apestosa. Nunca he respetado a los hombres que no saben orientarse. La razón por la que había aceptado venir con Sara de vacaciones a Puerto Rico en concreto, era porque hacía años había estado allí con mis padres. Había caminado sola por la playa durante una hora, a los trece años, con un biquini negro con mariposas de colores. Un hombre de unos cuarenta años me dijo que era guapa y me preguntó de dónde era. No se lo conté a mis padres. Todavía no entendía lo que era un pedófilo, pero me perturbó lo suficiente para no explicárselo. Un día de esas vacaciones, íbamos en coche por la isla y nos encontramos un atasco gigantesco. De los que nunca se producen en casa. Mi padre estaba en la cola y, al ver el atasco, maldijo y empezó a dar marcha atrás. Pronto, otros empezaron a seguir su ejemplo y retrocedieron hasta la salida anterior. Toda una autopista de gente yendo marcha atrás. Nunca lo olvidaría.

Aquella noche, con el chico en el coche, traté de invocar la confianza de mi padre. Entonces no había GPS; no me creo que sobreviviera. Gran parte de la vida es así. «¿Cómo nos las arreglamos?», pensamos. Sin embargo, cuando echamos la vista atrás, casi siempre vemos felicidad.

Gracias a Dios, tampoco teníamos móviles. No habría soportado que James me llamara sin descanso mientras buscaba a Sara. Tendría que decirle que estaba muerta. Me mataría.

Al final, no sé cómo, tal vez gracias a la voluntad de mi padre, encontramos el hotel. Lo encontré. Era mucho más bonito que el nuestro, muy moderno y bien equipado. En el vestíbulo, pregunté por la habitación de Graham. No se alojaba con otro nombre porque no era tan famoso. En ese punto, perdí a Jake. Hoy en día sigo sin tener ni idea de adónde fue. Probablemente estaría en el bar del vestíbulo, intentando ligar con cualquiera que se le pusiera por delante.

Subí a la habitación de Graham y llamé a la puerta. Dos veces. Tres veces. Nada. Empecé a temblar. Me imaginé a Sara allí dentro, violada y aspirando su propio vómito. Aporreé la puerta.

Abrió con una bata. Un cincuentón medio muerto.

—¿Dónde está Sara?

—¿Qué?

—¡Mi mejor amiga!

Ahora pienso que fui muy tonta. Sin embargo, aún recuerdo el pulso en las venas en aquel momento. Tal vez era ahí donde vivía el amor, en las pequeñas venas inaccesibles que solo fluían cuando era necesario. En cambio, Sara amaba las cosas con una cierta libertad que yo carecía de la inteligencia emocional para comprender.

Graham bostezó y empujó la puerta para abrirla.

—Está bien —dijo—. Está durmiendo.

Me acerqué a la cama. Los suelos de baldosas de las islas siempre me han deprimido. Son fríos y baratos, hechos para soportar la humedad. Los bichos de las esquinas se pueden limpiar fácilmente.

—¡Sara! —dije. La toqué. Todavía llevaba puesto el vestido.

—Hola —me saludó con una sonrisa somnolienta. Siempre estaba contenta; nunca le importaba que la despertaran.

—Tenemos que irnos.

—Estoy a gusto.

—Tenemos que irnos.

—Quiero dormir aquí. Duerme conmigo —dijo, y apartó las sábanas. La saqué de la habitación, en brazos como si fuera un bebé. Graham nos sujetó la puerta. Besó a Sara en la nariz mientras yo la llevaba en brazos. Fue una situación ridícula a todos los niveles. Sin embargo, lo que sucedió a continuación fue lo que hizo que la noche se tornase oscura de verdad.

Las dos estábamos borrachas. Sara, por supuesto, más. Yo estaba más cansada. La borrachera no me duraba. Conducía por las calles, intentando encontrar nuestro hotel. Sara se durmió, o tal vez la llevé al coche ya dormida y le puse el cinturón. La cosa es que las dos estábamos medio ausentes hasta que topé con un bache tan grande que el coche quedó en el aire por un momento. Sara se sobresaltó, enfadada.

—¡Qué cojones!

—No me toques las narices —dije.

—¡Ten cuidado, joder!

Quería matarla, pero no había tiempo suficiente. El bache había sido como un descenso a otro mundo. De repente, estábamos en una calle residencial. Llena de coches, algunos con las ventanas destrozadas. Vimos gallos, o los oímos primero.

Más tarde, supe que las peleas de gallos eran casi el deporte nacional de Puerto Rico. Era legal, pero solo en escenarios autorizados. Muchas se celebraban en la clandestinidad para evitar los impuestos y las tasas que el gobierno había establecido. Con la que nos habíamos topado sin saberlo era definitivamente clandestina. Además, era muy tarde y al aire libre en mitad de un parque abandonado.

Un hombre grande con un chaleco de cuero se acercó al coche y golpeó la ventanilla con una escopeta.

Sara gritó.

Estaba enfadada con ella por no estar mal por la muerte de mi padre, por pensar que debía superarlo y estar disponible para mi madre, pero entonces me asusté por una escopeta en la ventanilla.

La bajé.

—¿Turistas? —bramó el hombre por la rendija.

—¡Sácanos de aquí! —gritó Sara.

No tenía miedo. Ya no tenía nada que perder. A mi madre aún no la habían diagnosticado. En realidad, tenía mucho que perder, pero era tan tonta como Sara. Éramos dos chicas guapas y estúpidas.

—Ella, sí —dije, y la señalé—. Pero yo no. Yo soy una viajera.

Al principio, el arma se movió y se me escapó un chorro de pis caliente en la ropa interior.

Luego se rio.

—Ven y mira el espectáculo —dijo—. Son solo cinco dólares.

Aparqué el coche. Sara dejó de alucinar y cruzamos una entrada improvisada delimitada por dos postes de madera en el suelo. Le pasamos a un chico regordete un billete de diez dólares y pareció sorprenderse.

Al otro lado, había un antiguo campo de béisbol muy iluminado. Los asientos eran rústicos bancos de madera, bancos de iglesia y polvorientas sillas plegables. En el centro, había un anillo que parecía una piscina elevada. Estaba lleno de arena compactada por la que dos gallos se sacudían uno alrededor del otro. Algunos hombres se inclinaban sobre el borde de la fosa y les gritaban a los animales como si fueran a entenderlos. Los gallos se picoteaban en la cara. Podrían haber estado jugando y no participando en un deporte sangriento. Después de llegar a la habitación, hablamos de ello, de lo horrible que era, pero además también lento e incluso aburrido. Tal vez Sara no pensara lo mismo, pero no lo creo. Simplemente éramos conscientes de que estábamos haciendo algo interesante. Algo que parecería más interesante después, como todo. Lo mejor de la pelea era que ningún hombre nos miró y casi todo lo que había eran hombres. Había algunas mujeres con pantalones negros ajustados, otras con pantalones cortos y algunas niñas con el pelo largo y lustroso. Pero la mayoría eran hombres que no querían saber nada de nosotras. Todos le gritaban al ruedo y agitaban las manos como si fueran alas.

También descubriría más tarde que el cuidado de los gallos, los luchadores, antes y después de cada pelea, era un trabajo en sí mismo. Había alguien que rociaba a las maltrechas aves con una solución de peróxido de hidrógeno y agua. Alguien que les ponía gotas de antibiótico en los ojos inyectados en sangre.

Era toda una operación. De todos modos, tal vez alguien habría ligado con nosotras durante un intermedio, pero nos fuimos antes de que terminara la pelea.

Sara me dio un codazo y me pidió que la llevase al hotel, así que lo hice. En el coche me dijo que nunca había estado más asustada.

La noche terminó en un local de tacos en la autopista, donde por fin me detuve para que me dieran indicaciones. Pedimos tacos. Yo los pedí para las dos. La carne estaba desmenuzada. Las especias tenían un sabor caduco. Observé a Sara comer y tragar. Me alegré de que comiera. De que tuviera hambre. Sentía que la noche había sido culpa mía. Que la reviviría como un mal recuerdo por mi culpa. Me odiaba, aunque siempre dijera que me quería. Me impresionaba. Mi padre me quería mucho, pero no respondí el teléfono el día que me llamó antes de subirse al coche. ¿Por qué? No lo sé. Supongo que entonces aún no estaba preocupada. Era tan libre como Sara lo sería siempre.

En el local de tacos nos miraba todo el mundo. Aunque eso no es difícil. A última hora de la noche, cualquier chica con las piernas desnudas comiendo en un lugar sórdido bien podría estar gritando que se la follasen con un megáfono. Tenía el rímel corrido bajo los ojos y Sara, que tenía los labios grandes, se balanceaba a mi lado. Todos los hombres nos observaban como si fuéramos las chicas más guapas del mundo.

Cuando volvimos de Puerto Rico, necesitamos un tiempo. Una semana, más o menos, separadas la una de la otra. Luego volvimos a la normalidad. Fuimos inseparables durante una temporada. Asistimos brevemente a la misma universidad, después de que yo dejara otra mejor para estar más cerca de un chico con el que salía.

A lo largo de nuestra vida, Sara siempre mantuvo el contacto. Siempre quiso que me quedara con ella, siempre quiso verme. No hubo un día después de Puerto Rico en el que no quisiera verme. Hizo muchas otras amigas, pero yo siempre fui su favorita. Hice amigas que no pronunciaban mal las palabras, que no reservaban vacaciones baratas e impulsivas. Siempre querría más a Sara, pero no siempre necesitaría verla como ella a mí.

En un futuro más lejano, una o las dos probaríamos el aceite de cannabis y la meditación trascendental. Un hombre, mientras estaba debajo de ella, le diría que tenía las tetas pequeñas y cóncavas. Así que ella dejaría de follar con él, en medio del aire, como una acróbata.

Cumpliríamos los veinticuatro, los veintiséis y los treinta. Saldríamos del funeral de un conocido (heroína en Cabo Cod) y el padre del chico muerto se volvería para mirarnos el culo.

—Todavía estamos buenas —me dijo Sara. Me reí a carcajadas, porque yo había pensado lo mismo.

En un futuro aún más lejano, su novio, James, lo petó y fundó un negocio muy lucrativo. Sara me enseñó su tarjeta de visita. «¿Eres alcohólico? Podemos ayudarte. Entrega de licor a domicilio 14/7».

Aunque se hizo rico y se compró una casa en Aspen, Sara nunca me preguntó si debería haberse quedado con él. Apuesto a que ni siquiera se lo planteó.

Yo tendría un bebé primero. Mi hermano me diría que estaba blancuzca poco después del parto. Mi marido y yo veríamos a una pareja gorda en un coche a nuestro lado, con un peluche en el parabrisas. «Somos nosotros dentro de diez años», me diría. «Sé leer los labios —le respondí—. "Cariño, ¿no se parece a nosotros el año pasado?", le acaba de decir la mujer al hombre».

Me referiría a mi marido como una ballena que se tira pedos. Sara se follaría a su marido más que ninguna otra amiga que conociéramos. Querría a mi bebé, una niña, más que la mayoría de nuestros familiares. La querría como si hubiéramos pasado casi todos los días juntas durante los últimos quince años y no solo los de las vacaciones.

Sara seguiría recortando cupones y buscando vacaciones baratas en el periódico. Yo viviría por encima de mis posibilidades, con la niña a cuestas. Cada vez que rompiera una yema de huevo y la tirara, Sara sería lo único en lo que pensaría.

Contábamos la historia del grupo que conocimos; a veces la gente decía: «¡Qué fuerte, los conocisteis!». Otras, no reconocían el nombre. O fingían haber oído hablar de ellos. Como Sara aquella noche.

Un día, Sara me llamaría para decirme que James había muerto.

—Mierda —dije—. ¿Cómo?

—No te rías —contestó ella—. Eres cruel.

—No, te prometo que no —dije.

Me contó que había ido a Kazajistán para competir en un concurso de beber cerveza en el que el competidor se pone un barril transparente sobre la cabeza y tiene que bebérselo todo antes de ahogarse.

—Me parece la única forma en la que le habría gustado morir —respondí.

Ninguna de las dos se rio; una parte de nuestra amistad había muerto con James. De todos modos, había noticias más importantes. Sara me había llamado para contarme que estaba embarazada, por fin. La última de nuestras amigas en quedarse embarazada, aunque todas sabíamos que era la única apta para ser madre.

En un restaurante, poco después de la elección de Trump, mi marido le gritó a Sara, no porque lo hubiera votado, sino porque no lo odiaba lo suficiente. Ella aún vivía en nuestra pequeña ciudad. No estaba de acuerdo con su política, creía que los homosexuales debían casarse, pero comentó algo sobre los correos electrónicos. Fuera lo que fuera, mi marido explotó. En público, me puse de parte de ella. Estaba embarazada y todavía me odiaba a mí misma por corregirle la pronunciación y por no quedarme a dormir en su nueva casa. En privado, me puse de parte de mi marido. Ambos me odiaron por ello. Siempre he sido una cobarde. Esa noche, se puso de parto.

Algo malo pasó. Hubo falta de oxígeno. Falta de aire a causa del cordón.

No lo sé. Me contó lo que había pasado poco después del nacimiento, pero o bien no me lo explicó bien o yo no escuché bien o una combinación de ambas. De todos modos, no tiene sentido averiguar la mecánica de algo así. Reciben una atención médica adecuada. Más allá de eso, Sara tiene ese tipo de fe que no se preocupa de entrar en detalles. Así era ella. Se lo dije a mi marido. Negó con la cabeza, como si debiera saber más.

Durante seis meses todo fue bien, pero entonces me volvió a llamar. Debido al problema que se produjo al nacer, la falta de aire, tenían que someter al bebé a una operación de ocho horas de inmediato. Esa misma semana. Me dijo que iría bien, que tenía fe. Pero me preguntó si quería acompañarla.

Mi marido y yo pasamos muchas horas investigando en internet. La cirugía se denominaba «precaria» en todos los sitios en los que miramos. Tenía una tasa de éxito del cincuenta por ciento. Lo contrario del éxito, en aquel caso, era la muerte. El bebé de Sara es el mejor bebé que he conocido. Me encantan su cara y sus ojos. Nunca quiero lo suficiente a los bebés. A veces me preocupa no querer lo suficiente a los míos.

—Solo lo quieres así por lo que está pasando —me dijo mi marido, porque sabe ser cruel.

—Se puso de parto esa noche porque le gritaste —espeté—. Todo es culpa tuya.

———————————

El día de la operación, Sara lleva un traje de color canela. No sé por qué lleva traje. Está guapa, como siempre. Nunca ha degenerado. Todavía no se ha puesto bótox. Sigue teniendo el pecho liso, pero también la barriga.

Me pregunté si debía llevar libros. Cuando mis padres, uno detrás de otro, murieron en un hospital, tampoco había esperanza. Por tanto, nada de libros. Esa mañana, al salir por la puerta, mi marido me arranca de la mano el libro de bolsillo de *El extranjero*. No porque la situación sea desesperada, sino porque yo lo estoy, me dice.

Estamos en la sala de espera hasta que pregunta:

—¿Quieres dar un paseo?

Su marido está sentado allí y ve un partido de los Colts en el pequeño televisor de arriba. Si fuera yo, no saldría de allí, pero, como he dicho, Sara tiene una fe inalienable. Además, le encanta dar paseos. Cuando las dos fumábamos, le encantaba salir a fumar, concretamente conmigo.

Llevo una sudadera gris rota y unos pantalones de yoga negros. No he perdido suficiente peso después de dar a luz y mi hija tiene casi tres años. Estoy demasiado ocupada preocupada todo el tiempo, mientras Sara invierte su energía en hacer ejercicio. Aun así, hoy me maquillo, porque verme atractiva me ayuda a sobrellevar la situación. De todos modos, pienso que no es mi niña la que está ahí. Se me puede perdonar.

Caminamos por el pasillo. Vamos muy cerca la una de la otra. Llevo zapatillas de deporte y ella, un tacón bajo de color *nude*. Huele a fresias. Siempre ha olido bien, a pesar de las casas en las que ha vivido. Engancha el brazo al mío. Le agarro la mano. No recuerdo la última vez que caminamos cerca, abrazadas así. Entonces lo recuerdo. Me abrazaba así en Puerto Rico. Con sus tacones de cuero baratos.

Justo antes de entrar en la cafetería, pasamos junto a tres médicos con batas blancas. Los estetoscopios todavía me provocan escalofríos; me hacen pensar en mi padre. «Debería haberme casado con un médico», le grito a mi marido cada vez que me resfrío.

Estos médicos son jóvenes, poderosos y atractivos, y no me creo lo que sucede, como si fuera una caricatura. Vuelven las cabezas. Los tres. Tal vez sea solo por Sara, pero tengo el pelo brillante; me lo he teñido hace poco. Además, voy maquillada y puede que con la sudadera arrugada les recuerde a la chica de *Flashdance*. Abren los ojos de par en par, uno sonríe y otro se sonroja. Sara y yo nos miramos, y me odio por pensarlo, pero quizá no tanto como ella a sí misma. En los momentos que de verdad cuentan, siempre hemos sido una misma mujer. Así que sé lo que ambas tenemos en mente.

MARIAN
LA DONCELLA

El móvil le vibró dos veces en la cola del Aldi. Lo sacó de la riñonera de Herschel, un accesorio que Harry decía que le encantaba. «¿No soy demasiado mayor para llevarla?», le preguntó la primera vez que se la puso delante de él. «Nunca serás lo bastante mayor», le había contestado él y lo había acompañado con un beso en la coronilla. Le revolvió el pelo, o lo que quedaba de él.

Abrió la aplicación de correo y allí estaba:

«Remitente: Noni Lemm (Fundación Moorehead). Estimada señora Lemm. Gracias por solicitar la beca documentalista Moorehead. Aunque blablablá, lamentamos informarle de que no ha recibido la beca este año. Por favor, sepa que ha sido una selección muy competitiva blablablá».

El segundo correo era de March of Dimes. Había donado veinte dólares una vez, en un buen día de su vida, y desde entonces no dejaban de volver a por más, y siempre en sus horas más oscuras.

—Que os jodan —dijo en voz alta—. Que os jodan, que os jodan bien.

La señora que estaba detrás de Noni era extranjera y estaba ocupada contando el cambio en su monedero. La cajera que tenía delante llevaba varios *piercings* y los ojos pintados de morado. En resumen, nada de lo que Noni dijera o hiciera allí importaba. Torrington, Connecticut. Lo bastante cerca de la belleza del campo, del Washington Depot y de Roxbury, de los bonitos pueblos con vacas con el pelaje limpio, pero lo bastante lejos como para que no se dijera que se había mudado allí para estar más cerca de Harry. De todos modos, la finca de Harry en Painter Ridge Road era solo una casa de fin de semana. Marian, su segunda esposa, tenía un caballo en un establo al final de la carretera y le gustaba montarlo por los senderos cuando las hojas se volvían doradas. Aunque su interés había disminuido en los últimos años. La hermana de Marian se había comprado una casa en Sagaponack, por lo que habían empezado a ir allí, con su antiguo pero rico Saab cargado de caprichos urbanos, quesos y licores de limón. La hermana de Marian también tenía un hijo de dieciocho meses, con la cabeza enorme y miedoso. A Harry no le gustaban las playas ni los niños, así que mientras tomaban bollos en la ciudad, Noni le había dicho: «Tu infierno personal, pañales llenos de arena». Harry había sonreído, asentido, cruzado las manos y examinado el pequeño café en el que se encontraban, que a Noni le recordaba a París en la época en que él había sido su profesor, cuando ella llevaba el pelo de color remolacha que se teñía con hibisco, llevaba pantalones de terciopelo y fumaba cigarrillos de clavo. «No está tan malo», había dicho. No podía saber, por supuesto, cómo una frase inofensiva como esa resultaba una estaca en las entrañas para ella.

No recibir la beca Moorehead fue un golpe, pero no una sorpresa. Noni hacía tiempo que se había resignado a no ser una persona que destacara. La respetaban en la comunidad, ocupaba puestos en todos los grupos adecuados y tenía varias cátedras itinerantes, una de las cuales le proporcionaba alojamiento en el campus, por lo que le había dado las gracias profusamente al decano, pero él la había cortado como si fuera una persona mucho más joven: «Como eres soltera y no tienes familia, es fácil. Solo es un apartamento». Era respetada, pero no reconocida. Era miembro de la corte, pero ni se acercaba a la realeza.

Harry, en cambio, había sido un rey. Uno de los pocos que había salvado el abismo entre la aclamación de la crítica y la relevancia entre el público común. Una celebridad, si se puede decir que el campo las tiene. Además, tenía los accesorios. La pipa, el flirteo constante. *The Guardian* lo había bautizado como «El Hemingway de los documentalistas poéticos» en un artículo para el que habían entrevistado a Noni.

La periodista, joven y atractiva, había acudido a su estudio cuando aún vivía en la ciudad. Noni preparó té *oolong* y se sentaron en el suelo, apoyadas en los mullidos pero raídos cojines marroquíes. La periodista llevaba medias mostaza y botas de montar. Tenía las piernas largas y sabía exactamente cómo doblarlas. Le preguntó qué era lo más importante que le había enseñado Harry. Las dos mujeres se miraron durante un largo rato a los ojos. Noni se fijó en el ángulo de su rostro, en el suave pelaje de su mejilla rosada. Los ojos de la periodista eran brillantes y seductores, sin delineador, tal vez un ligero roce de rímel, quizá nada en absoluto.

«Cómo encender un fuego», dijo Noni, por fin, y la periodista escribió la línea con diligencia, y también con facilidad. Noni se dio cuenta de que, por supuesto, se la había follado.

En aquel momento no se le había ocurrido preocuparse por cómo se la presentaría en la historia. No había pensado que fuera a aparecer mucho, pero debería haberlo sabido. La joven periodista había sido cruel, a su manera. Escribió que Noni era de las que decían que les gustaba el olor de los libros viejos. Que tenía el pelo castaño claro y sin pretensiones (con lo que, por supuesto, quería decir casero). La zorra también había dicho algo que Noni sabía que era de dominio público y, sin embargo, no se podía creer lo que habían hecho con sus palabras. La segunda vez que la reportera vio a Noni fue en una velada en honor a Harry, durante la cual la falsa intelectual no había dejado de seguirlo. Noni se encontraba en un rincón con una panda de donnadies que bebían *fernet*. Uno de ellos, un hombre que llevaba años intentando meterse en sus pantalones, le preguntó si ella y Harry habían sido alguna vez pareja. No lo pensó. La periodista andaba por allí, agitando la melena y tomando notas tranquilamente con el móvil.

En el artículo que salió al mes siguiente, la periodista había escrito que, cuando Noni usó en público la palabra «follar», en concreto, «Si te refieres a si follamos, sí, follamos, hace años», se podía dividir la sala entre la mitad a la que le pareció encantador y la mitad que se sintió asqueada. La periodista dedicó un párrafo entero a la idea de que, para muchos, una mujer de la edad de Noni era demasiado mayor para haber practicado sexo. Eso sí, no era vieja. Sin embargo, era de ese tipo de entre cincuenta y seis y sesenta y cuatro años que algunas personas piensan que deben llevar siempre cuello de cisne, ocultar su sexo y exponer solo la nobleza de su mortalidad. La periodista utilizó esta idea para contrastarla con Harry, que era casi una década mayor que Noni, pero que se pavoneaba por la habitación, vivaz y grandioso, como un objeto en sí mismo.

Cuando la historia se publicó, Noni le escribió a Harry de inmediato. «Lo siento mucho. No sabía que esa mujer estaba cerca. Mierda. Pero Marian lo sabía, ¿verdad?».

Le llegó un mensaje pocos minutos después: «Sí, lo sabía. Aunque no le ha hecho gracia verlo por escrito. Pero se le pasará».

Después de salir del Aldi con unas uvas y pan de linaza, unos aguacates rechonchos y unas porciones de salmón congelado, Noni pasó por la oficina de correos para recoger su correspondencia. La mudanza al campo desde la ciudad había sido una adaptación. Los caminos de tierra, los votantes de Trump. Los trabajadores no cualificados con la piel arrugada; nunca sabías qué oscuridad se escondía bajo un exterior tostado. La directora de correos, una mujer de cara redonda llamada Bernadette, le sonrió con alegría cuando entró. Noni le devolvió el gesto. Era muy educada, pero poco atractiva. Era más reservada en el campo que en la ciudad. Cruzó la fría habitación y abrió su caja de latón. Estaba llena, sobre todo de folletos y revistas comerciales, los residuos habituales que apilaba en una cesta de pícnic y utilizaba para avivar el fuego cuando llegaba el invierno. Entonces lo vio. Un fino sobre empresarial, del despacho de un abogado de la ciudad. Dentro, un papelito de color aciano. Al principio las palabras no tenían sentido y volvió a sentir la pérdida, como si se sumergiera. Noni agradeció la soledad de la oficina de correos, solo ella y Bernadette. Volvió a leer las palabras: un párrafo escueto, además de la hora, la fecha y el lugar en el que se solicitaba su presencia. Se apretó el papel contra el corazón y jadeó.

————————

Es cierto que Harry le había enseñado a encender un fuego. Tenía veintiún años, y estaba en su casa de alquiler amueblada en la isla de Saint-Louis. Había un pozo para hogueras ennegrecido, tan cavernoso y mal definido que podría haber sido una habitación en sí mismo. Se sentó en el sillón de la habitación, que, por lo demás, estaba vacía, y le explicó cómo colocar la leña. Ella temblaba. Le aterrorizaba decepcionarlo. Entonces, él era su maestro y ya lo consideraba un pequeño dios. «Piensa en el fuego como en algo que no puede tener ni un descanso. Así debería ser en cualquier historia que cuentes. Nunca debe haber un momento para que el público se levante a orinar. ¿Lo ves? Debes hacerlos correr, mantenerlos en movimiento, hasta que mueran. Lo mismo con el fuego. Todos los troncos tienen que tocarse, todos deben apuntar hacia arriba, para que el fuego suba y suba, hasta que no pueda respirar más y comience a bajar. Si sientas las bases al principio, no tendrás que hacer nada en el medio. La clave es construir una hoguera que no precise vigilancia. Deberíamos poder estar aquí toda la noche sin tener que levantarnos nunca. Ahora, ven aquí».

Esa noche, encendió un fuego. Era solo octubre, pero había hecho frío en todo el condado desde el Día del Trabajo. Se cambió la ropa de calle por un camisón y un jersey de punto. Alimentó las llamas con periódicos del *Republican-American,* que eran gratuitos en la mayoría de las tiendas y charcuterías del condado de Litchfield. Estaba segura de que nadie los leía. Solo les gustaba exhibir los pequeños buzones amarillos delante de sus casas. Las llamas lamieron la imagen granulada de un concejal local.

La chimenea de la casa alquilada estaba en el comedor, que Noni había convertido en su espacio de edición. Era una trabajadora frugal. Dos biombos y un archivador constituían todo su espacio. La chimenea era sencilla, con una rejilla de latón y el suelo de pizarra. Toda la casa era muy profesional. En un condado lleno de granjas, graneros y silos oxidados convertidos en estudios de artistas, el alquiler de Noni era una cochera de los años veinte, renovada en los ochenta y anodina. Tenía un gran dormitorio y una pequeña antesala que utilizaba como almacén. La antesala tenía una cenefa de papel pintado de una cigüeña que sostenía una bolsa azul de bebé, replicada a perpetuidad. Antes de alquilarla, una pareja sin hijos había empezado a construir una habitación infantil. Noni no conocía más detalles, solo que se habían marchado antes de que terminara el contrato de alquiler, por suerte para ella, que había decidido al mismo tiempo no renovar el suyo en la ciudad. Para entonces, hacía un año que Harry y Marian eran propietarios de la casa de Roxbury. Noni había ido en tren tres veces a visitarlos. Él la recogía en New Milford y, por lo general, se desplazaban en coche. A ella le encantaban las carreteras que descendían hacia los valles de las tierras de labranza y luego subían pasando por viejos hangares de aviones y pequeñas leñeras llenas de maíz en venta.

El proyecto en el que estaba trabajando se llamaba «El republicano estadounidense», como el periódico. Entrevistaba a gente del condado, gente como Bernadette, que votaba a los republicanos pero que solo creía saber por qué.

—Bien —dijo Harry—. Pero ¿cuál es el objetivo?

—¿El objetivo? ¿Cuáles son tus objetivos?

—Noni. Todavía no eres lo bastante curiosa. Tienes buenas ideas y un cerebro brillante. ¿Qué buscas conseguir?

De nuevo, estaban sentados ante una chimenea. Esa vez en su casa de Roxbury. Un granero de Stone Arabia reconvertido, con suelos de ciprés y siete acres de colinas. Marian estaba en

Los Ángeles para el estreno de una película. No habían estado solos en una casa juntos desde que Helene, su primera esposa, había llegado a casa antes de tiempo después de una sinfonía; era una violonchelista de segunda fila y no lo había soportado. Había encontrado a Noni y a Harry en el sofá, riendo, sentados demasiado cerca.

Pero Marian era diferente. Era muy serena, mucho más joven que Helene y que Noni. Además, estaba a miles de kilómetros de distancia.

Aquella noche no pasó nada, si no se tienen en cuenta las miradas que compartieron; sus globos oculares eran como láseres en los del otro. Fue como si se comportasen como si les estuviesen grabando el sonido, pero no la imagen. Hablaron de la tienda, de viejos amigos, de nada en absoluto y, sin embargo, estuvo sedienta toda la noche. Bebieron demasiado Burdeos. Demasiado para Noni, al menos. Se quedó dormida en el sofá. Él la cubrió con una manta vieja de gasa rosa, una de las bellezas de Marian. Todo lo que la mujer poseía superaba los quinientos dólares.

Por la mañana, Harry estaba aún más tierno. Se había levantado antes que ella y había conducido para comprar salmón, panecillos y unas gloriosas cebollas rojas. Café y nata de una de las granjas lecheras con espléndidas vacas Holstein. Mientras él no estaba, Noni se enjuagó en la ducha exterior, usó la pastilla de jabón de Marian que olía a vacaciones, y se puso su albornoz de punto, que pesaba más que toda su vida.

Cuando salió, se encontró con un desayuno preparado junto a la piscina de pizarra. Harry nadaba desnudo; una gran bestia con mechones de pelo como el de un rey.

—¿El reloj funciona bajo el agua? —preguntó Noni.

—Funciona en todas partes —dijo él al emerger, mientras ella le pasaba una toalla. Su pene, que no había visto en años, parecía más pequeño de lo que recordaba, casi paternal. Parpadeó para contener una lágrima al echar de menos a todos los hombres que había perdido. La idea de los hombres, en realidad.

Entonces él se quitó el reloj y se lo puso a ella en la muñeca. Todo su cuerpo se estremeció por el tacto de su mano y el metal brillante de su posesión más preciada.

—Se adapta —dijo—. Se adapta a ti.

—Es precioso.

—Lo es —confirmó él, y ella sintió que lo perdía ante el único dios que conocía, el dios de los hombres que le había precedido.

Pero entonces él la miró a los ojos. Fue uno de esos momentos. Noni podría haber trazado toda su vida a fuego de momentos como esos. La amaba, no la amaba, la amaba.

—Harry —dijo para interrumpir el momento. Era demasiado y, con los años, había aprendido que era mejor ponerle fin antes de que lo hiciera él. Era la única forma de sobrevivir.

—¿Sí, querida?

—Se me ha ocurrido, tal vez sea de la noche a la mañana, pero se me ha ocurrido en la ducha. Sé lo que busco.

—¿Hablas de la película?

—El objetivo final es volverlo azul. ¿Sabes? Este condado.

—El condado —repitió—. Estos fantasmas.

Asintió; luego él parpadeó y asintió también. Era asombroso de contemplar. Cuando Harry daba su aprobación, te hacía sentirte como un ganador.

Desde entonces, había estado trabajando muy duro en el proyecto. Había salido a pedir de boca. Ninguno de los habitantes del pueblo sabría lo que había ocurrido y por supuesto ella tendría que mudarse cuando la película se estrenase, pero, por el momento, tocaba trabajar, la parte fácil para ella, el anonimato y la gracia. Ahora, por supuesto, tenía aún más espacio y todo el tiempo del mundo para hacerlo grandioso. Aunque siempre había tenido tiempo.

Su amiga Susanna era madre de una niña precoz de cuatro años. Ella siempre intentaba arañar minutos a la vida para remendarlos en algo parecido a una carrera. «Es muy rápida e intrépida —dice de su hija—. Su habilidad va más deprisa que su cerebro, así que siempre tengo que vigilarla. Tengo que estar pendiente de ella y dejarla ser al mismo tiempo. Mi suegra odia las partes en que se parece a mí. "No tienes que decir 'patata' cada vez que te sacan una foto, como tu madre". La he oído decirle eso».

Noni le sonreía. Todo el mundo tenía hijos. Aunque Noni no tenía experiencia propia, comprendía muy bien a qué se refería Susanna con lo de arañar minutos. Le encantaba observar las rutinas de los demás. Absorbía sus historias. Harry había dicho que eran esas cosas las que la convertirían en una bestia de carga en lugar de en un genio.

Susanna tenía cuarenta años. Con cincuenta y seis, a Noni le interesaban las mujeres más jóvenes que ella. Su grupo de edad se había marchitado, habían dejado que su inteligencia se desvaneciera y diera paso a la comodidad. Cuando tenía poco más de veinte años, también se relacionaba con cuarentones. Como Harry, que tenía cuarenta años cuando lo conoció. La propia Noni vivía en unos imperecederos cuarenta, igual que Harry había sido un sesentón eterno. Había sido sesentón a los cuarenta y lo fue al final, a los setenta y cuatro, en su ataúd. Resplandeciente, impresionante. Aun entonces había deseado su cuerpo frío. Le había tocado la muñeca con el dedo. No se atrevió a tocar nada más, porque Marian estaba al acecho, como corresponde a las viudas de los mujeriegos.

Sin embargo, ahora el sobre estaba en su poder, con el susurrante papelito dentro, que era como un billete de la lotería. Sería el fin de Marian, supuso Noni. Sería el fin de cualquier cuento de hadas que las mujeres como ella hubieran llegado a soñar. Toda su vida de cristal. Sus chaquetas azul marino, sus frecuentes viajes con grandes cajas de cuero. Noni hablaba francés, su lituano natal, algo de italiano, había vivido en Sídney y en Croacia. Había rodado una película en las entrañas de Paraguay. Había vivido en una tienda de campaña durante un mes en el Ártico. Era una mujer de mundo y, gracias a su capacidad de absorción, podía hablar durante horas con casi cualquier persona de cualquier clase social, de cualquier rincón del planeta. Sin embargo, las mujeres como

Marian se levantaban relucientes y con mensajes en hoteles de Venecia.

Noni había tardado muchos años en dejar de desear haber sido una mujer así. El mismo tipo de mujer que su primera esposa, el tipo de mujer con la que Harry habría considerado oportuno casarse. Pero Noni no era del tipo con el que contraer matrimonio ni con el que follar de forma imprudente, como la periodista del *Guardian* o un buen número de camareras, estudiantes y otras alcohólicas de sus reuniones. No, Noni era diferente. Ni reluciente ni destrozada. Estaba rota, pero siempre compuesta. Un caso de estudio de supervivencia. Padres pobres e inmigrantes, una infancia rodeada de alambradas en Newark, Nueva Jersey. Su padre, un gigante que se odiaba a sí mismo y que trabajaba dieciocho horas al día descargando barcos de contenedores y descuartizando cerdos. Su madre, demasiado primitiva para su posición, amargada por la vida que se la había tragado entera, que había evitado mostrar afecto de una manera tan rotunda que Noni tardó demasiado tiempo en llamarlo abuso; incluso ahora, tantos años después y con todo el psicoanálisis que la acompañaba, todavía recordaba cómo su madre la llamaba «mi pequeña dama», de vez en cuando, cuando Noni salía recién duchada antes de acostarse. «Ahí está mi pequeña dama, con su albornoz especial. Ven aquí, la pequeña dama de mamá». ¿Cómo podía coexistir ese epíteto con una mujer que, por lo demás, había sido incapaz de amar?

En ese momento, mientras empalmaba algunas imágenes de Luke, el musculoso operador de grúa, y Elda, la reina de los caballos de Woodville, Noni no dejaba de mirar con el rabillo del ojo el sobre que había sobre la tabla de cortar. Parecía estallar, como un tornado en un marco, como algo que a la vez merecía y de lo que no podía imaginar ser digna. Toda su vida vacía había esperado un regalo como aquel, pero ahora que lo tenía, le daba la sensación de que era demasiado. No estaba bien. Después de pasar años comiendo solo en bares, a la espera de que algo que deseaba más que su propia salud continua, se sentía flagrante; le ardía la cara. Irracionalmente bendecida.

A los dieciséis años, Noni había participado en el concurso de Guinness «Consigue tu propio *pub* en Irlanda» un número fantástico de veces. Cada participación constaba de cincuenta palabras o menos sobre por qué Guinness era la pinta perfecta. Siempre se le habían dado bien las palabras, más que bien, de hecho. En la escuela, había escritores y pensadores estrella, pero Noni nunca se contó entre ellos. Su inteligencia no era vistosa. Era del tipo que se ajusta mejor a los correos electrónicos. A los concursos. Si ganaba, todos en el instituto, además de sus padres, se enterarían de quién era. Esa chica tranquila, que no sabía nada de beber cerveza, pero que era capaz de elaborar decenas de ensayos únicos de cincuenta palabras sobre el tema para ganar así su propio bar en la campiña del condado de Kerry, era más grande de lo que pensaban. No quería destacar tanto como deseaba que su mundo fuera pequeño, miope.

No ganó el concurso y lo que sucedió fue casi peor que perder, por la forma en que parecía predecir gran parte de su futuro. Uno de sus textos quedó entre los veinticinco primeros, pero solo se clasificaban los diez primeros y sus nombres aparecían en los periódicos locales, etc. Recibió una carta en la que se le comunicaba que había impresionado a los jueces y que debía volver a intentarlo el año siguiente. Le ocurría lo mismo con todas las becas de investigación a las que se presentaba, todos los premios, todas las subvenciones para ir al extranjero. Siempre impresionaba a los jueces, pero era un campo muy competitivo. Lo mismo podía decirse de los hombres con los que había salido. Tres veces había sido la mujer con la que un hombre había salido antes de conocer a la que sería su esposa. Era la telonera del matrimonio, quien los preparaba para el gran espectáculo.

Susanna, que creía conocer muy bien a Noni, decía que la razón por la que ninguno de los hombres se quedaba era porque ella nunca se había alejado de Harry. Con Su, en la mesa de su cocina en Harlem, con la cara de su hija manchada de aguacate y los deditos engrasados de queso barato, Noni daba largas, se cabreaba, se callaba o se reía, en función de si estaban bebiendo vino o no. Sin embargo, en privado, le daba la razón. De hecho, en sus horas más sinceras, llegaba a admitir que la razón por la que no se había convertido en una documentalista famosa era también por culpa de Harry. Noni renunció a ser inocente para ser algo así como una pelusa de secadora. Casi todos los días se acordaba de las mañanas embriagadoras y brumosas de París. En lugar de centrarse en el trabajo y entregarse por completo a su visión, vivía en las sombras del pasado. ¿Fue un año? Un año en el que fue su ficha silenciosa. Un año de carne de venado y vino, de su estatura desnuda, sus caderas de elefante, como él decía. Siempre había tenido la sensación de pasar de un lugar frío a otro cálido, del terrible frío de París en invierno a su habitación con chimenea, de una ducha tonificante en su baño desnudo a un embudo de carne sudada en su cama de matrimonio.

Para cuando ambos regresaron a Manhattan, Harry se había casado con Helene y había hecho cuatro películas más, cada una más celebrada que la anterior. Su mejor obra de aquella época, titulada *Música callejera,* que no trataba tanto sobre los músicos en sí, sino sobre la economía de determinados bloques en París, Cleveland y Dubái, había recibido tantos halagos que incluso Noni, a pesar de toda la admiración que sentía por él, se sintió frustrada con el mundillo y con la forma de ser de los hombres, que podían tener múltiples hijos de varias esposas y seguir produciendo con alegría, sin tener que responder por el camino por el tiempo que pasaban lejos de su progenie o divulgar la razón por la que nunca la habían tenido.

Fue durante esa época, los quince años que Harry estuvo casado con Helene, cuando Noni salió con los tres casi maridos. Sería correcto afirmar que la razón por la que ninguno de dichos pretendientes se quedó no fue tanto porque Noni siguiera suspirando por Harry, ni porque sufriera, sino más bien porque esos años los pasó en gran medida anestesiada.

Sabía desde el principio que Helene no iba a durar, así que se dedicaba a vagar de un lado a otro, manteniéndose siempre cerca. Si estaba destinada a quedar segunda, a tener que volver a intentarlo al año siguiente, entonces esperaría hasta que el endeble matrimonio de Harry con su rubia de Bergdorf se diluyera hasta la nada, como casi todo el mundo esperaba que sucediera. Por el camino, Helene intentó apartar a Noni, y Harry la veía menos cuando era necesario, pero en general mantuvieron sus costumbres, sus bromas, sus bollos, sus paseos por el parque, sus ocasionales copas de vino picante en el bar japonés subterráneo cercano a su estudio.

A decir verdad, Noni no había perdido a Harry por Helene. Tampoco por ninguna de las zorras con las que se lio durante su primer matrimonio ni por las pequeñas rupturas que vinieron después. Noni sabía muy bien que había perdido a Harry por Marian.

—He empezado a salir con una mujer nueva, se llama Marian y le gusta hacerlo por detrás —le dijo Harry en la barra de madera hinchada de su bodega japonesa.

—¿Hablas en serio?

—Ya te digo. Es la típica mujer blanca de clase media alta. Como Helene, pero sin la banalidad. Perlas y camisones de seda rosa. Pero le encanta hacerlo por detrás. Se abre como una flor.

Noni tenía entonces cuarenta y cuatro años. Harry, sesenta y cuatro. Tenía el pelo completamente gris y un aire aristocrático. A la altura de su relevancia. Con su chaleco de pescador, sus pantalones amplios y su reloj, que le reflejaba la luz en los ojos. La espesa barba le apestaba a salsa y a jugos sobrantes, mientras sorbía vino de ciruela a escasos centímetros de los labios de ella. Noni había estado esperando su momento, aguardando a que se cansara de la pléyade de putas que habían seguido al divorcio, esperando a que él se hartara, como sabía que lo haría, de las jóvenes estudiantes de ojos negros y teorías mudas, de las camareras de lujuria ignorante, de las adoradoras y de las indiferentes, de todas las mujeres equivocadas que no eran ella, que no lo entendían y no eran sus iguales, que no sabían mirar su trabajo y ofrecer sugerencias de mejora útiles mientras alababan su estilo inimitable con coherencia.

Pero no. Había algo en su tono, en cómo dejó caer la voz, cómo se acariciaba la barba. Noni lo supo. Sintió que el corazón se le desprendía de sus amarres. Se sintió joven, en verdad, tan joven como nunca había sido, pues era la primera vez que sentía el dolor del amor. Se sintió estúpida y empalada. Apenas una semana después, la estaca salió por el otro extremo, por su espalda, cuando Harry insistió en que conociera a Marian. Se vistió con una camiseta blanca y unos vaqueros azules caros que había comprado para la ocasión. Toda su vida se había vestido demasiado formal para conocer a otras mujeres y siempre se sentía exagerada. Esa vez sería la más relajada.

Entró en el bar por un largo pasillo de espejos y luces, y de lejos vio a Harry con traje y a su nueva mujer con un vestido negro con los hombros al aire y unos tacones de esmeralda festoneados. Al acercarse, se fijó en que tenía el pelo rojo natural. Labios afelpados. Ojos sensuales, tan finos como para parecer engañosos. La típica mujer blanca de clase media alta, sí, pero no una cualquiera. Tenía treinta y seis años, una edad de tigresa, madura y sabia. Marian estaba a su altura; lo supo enseguida. Durante toda la velada, él no le apartó la mano de la cadera.

Participaron en una especie de polvo conversacional que Noni solo había experimentado la primera noche con Harry, en un café al aire libre de Montmartre, donde algunos compañeros terminaron por sentirse incómodos ante la conexión humeante que se estaba gestando ante sus ojos.

Al cabo de un año, se casaron en el ayuntamiento. La recepción se celebró en el sótano del restaurante favorito de Harry en el West Village, una mesa privada junto a los hornos en la que cabían sus treinta amigos más cercanos. Por supuesto, invitaron a Noni, pero se excusó con un compromiso de enseñanza y se marchó el fin de semana a París. En cierto modo, había planeado suicidarse, pero entonces ocurrió lo de siempre. Una se despierta y no está tan mal, así que sigue con la ilusión de que la progresión de los días mejorará de la quiebra a la decencia. De todos modos, la verdad es que la noche en que se hace un pacto de suicidio con uno mismo no es tan mala como los días que la preceden, y los que la siguen. Cuando el pacto se disuelve en las horas que lo sobreviven.

Así que Noni regresó a Nueva York con la intención de esperar a que esa unión también acabase. Sin embargo, esa vez estaba demasiado deprimida para salir con nadie. Solo encontró las palabras en francés para describir su situación. «*L'appel du vide*».

Se mantuvo cerca de Harry, como siempre. Tal vez incluso más. Comenzó un estricto régimen de pilates, cinco días a la semana. Los fines de semana, caminaba por las calles del bajo Manhattan en busca de inspiración para el próximo proyecto, así como unos muslos robustos. No tenía un cuerpo como el de Marian, ni como el de ninguna de las jacas por las que se decantaba Harry; era más bien compacta, como un jinete. Aun así, podía convertirse en la mejor versión de sí misma. Alargaría, tonificaría y cumpliría hasta que él estuviera listo para volver a su lado. Helen Gurley Brown había dicho que no le importaba esperar lo que hiciera falta antes de conocer al hombre de sus sueños. De hecho, mientras tanto, se estaba convirtiendo en la mujer de sus sueños. Durante ese período tumultuoso y desesperado, Noni vivió bajo el calor desbordante de citas aspiracionales como esa.

Otra de sus estrategias era acercarse a la propia Marian. Sin embargo, mientras que a Helene le preocupaba la existencia de Noni, a Marian le resultaba indiferente. Ladeaba el cuello de tal manera, que le hacía pensar que apenas llegaba a distinguirla allí abajo. Y nada de lo que hiciera la encandilaba. A veces, hablaba bien de sí misma, y Marian torcía el cuello y le brillaban los ojos. Entonces Noni se sentía como una fracasada grosera. Las dos llegaban a un evento con un atuendo similar, un vestido de gasa para una celebración en Southampton, y entonces Noni se sentía como una vieja desaliñada. De hecho, pensaba: «¿Qué se pondría Marian para este evento?». E intentaba ponerse algo más evolucionado.

Sí, Marian era formidable. Se había criado en una casa griega de cinco habitaciones en Savannah, Georgia, hija de un hombre que en su día había sido propietario de una plantación. Tenían mucho personal doméstico negro, que en su día habrían sido esclavos. Noni le sugirió a Harry un documental sobre la familia de su mujer, titulado *Patrones modernos*. Él negó con la cabeza y se rio.

La verdad era que Marian la aterrorizaba. No solo por su control sobre Harry, sino sobre ella misma. No era brillante de ninguna manera, pero era capaz. Perfecta en casi todos los sentidos. Piel brillante, sin pelos negros errantes en la barbilla. A Noni le asombraba que mujeres como ella, que no solo habían crecido siendo ricas, sino que sus rostros y cuerpos parecían saber que habían nacido en la nobleza. Las mujeres como Marian hacían que Noni creyera en los sistemas de castas. En su propia decrepitud. Sin embargo, al igual que la chica que se presentó al concurso, eso no la desmotivó.

Incluso los aspectos ignorantes de Marian la derribaban. Las mujeres como ella no te dejaban olvidar nada. Si, por ejemplo, decías que una vez te habías equivocado de camino para ir a la casa de Roxbury, aunque fuera mentira y hubieras llegado tarde a una cena porque estabas obsesionada con el maquillaje, serías para siempre Noni, la que no sabía orientarse.

En la fiesta de Southampton, Marian estaba con sus amigas, otras mujeres que esquiaban en Chamonix y jugaban al golf en Évian. Mientras hablaba de una de sus conocidas, dijo: «Tiene la piel como una calabaza en febrero».

Noni se había quedado allí, sobre el césped cuidado. Se le revolvió el estómago por el vino verde que chapoteaba en su vientre vacío y se estremeció al imaginar lo que dirían de ella.

Con el tiempo, la unión de Marian y Harry perdió su barniz, como todas las relaciones. Tardó unos cinco años, pero volvió a follarse a otras. Sin embargo, esa vez se mantuvo leal a la mujer en casa. Prudencia. Tuvo rollos de una noche y se tiró a extranjeras. Alguna que otra modelo de pasarela, pero siempre volvía a casa con Marian. «A lo mejor entro por la puerta de atrás», le dijo a Noni, y le guiñó el ojo.

Aún tenía los ovarios de Noni en el puño. Poco a poco, también volvió a fijarse en ella y a desear que amase sus nuevas obras. Y ella se sentía bien de nuevo, lo suficiente como para seguir respirando. No obstante, Marian ocupaba cada minuto de su vida, con sus largos dedos de los pies. Alta y pentecostal.

Pero ahora. Ahora, tenía el papelito.

En su cocina, la mañana de la lectura, Noni se frio un huevo azul de granja y absorbió la yema caliente con una rebanada de pan integral. La cocina era un cuadrado pequeño con suelo de linóleo y armarios blancos con adornos de pino, triste e ineficaz, una cocina en la que el desastre estaba asegurado.

Se duchó y se depiló. Se recortó el vello púbico canoso. A Harry le gustaba el pelo púbico, y casi todos los hombres con los que Noni había estado desde entonces habían querido lo contrario. Suaves, desnudos, diminutos. Se preguntó cómo sería Marian ahí abajo. Rugiente o recatada, tal vez una flor de lis trenzada con enredaderas de tomillo.

Cuando Noni salió a por el coche, se encontró con un camión que cubría con heno donde las lluvias habían arrancado la hierba del perímetro de la entrada. Era uno de los problemas de alquilar casas a los propietarios. Los trabajadores de mantenimiento venían cuando querían; nunca te avisaban. Los propios trabajadores no te respetaban porque no eras tú quien les pagaba y, sin embargo, te veían como una prolongación de su patrón, alguien igual de imbécil, con un coche que era mejor que el suyo. Eras una impostora en el trono.

—Buenos días —llamó al hombre que parecía estar al mando. Un hombre con cara de toro y la misma estatura de Harry, pero sin la riqueza de su ropa y su comportamiento.

—Moveré mi camión —dijo.

«No es tuyo», pensó Noni. A él le molestaba su presencia y que tuviera que salir de la calzada para dar clase o cualquier cosa inútil que se hubiera imaginado que hacía; lo hacía sentir como si fuera basura. Noni sintió que debía llegar tarde a sus citas. Como si estuviera equivocada. Al mismo tiempo, pensó: «¿Por qué no has movido el camión antes? ¿Por qué no lo dejaste fuera del camino, por si el inquilino necesitaba salir?».

Al pasar por la zona de estacionamiento, sonrió y saludó; él no le devolvió el saludo.

El día era luminoso, pétreo. Harry había muerto hacía un mes, en una mañana que presagiaba más mañanas como esa. Aquel día había empezado así para Noni, que salió de casa para impartir una clase y pasó por delante de unos obreros que cortaban los setos mientras fumaban Winston entre los labios oscuros. A kilómetros de distancia había sabido que se había acabado. Llevaba seis meses enfermo, del hígado, por supuesto, y al parecer su estado empeoraba cada día. Sin embargo, no se enteró hasta la noche, por las redes sociales, por amigos de Marian, y luego, a la mañana siguiente, por el obituario en el *Times* y en el *Post*, y otros más cercanos en los sitios web de documentales. Ninguno de ellos, ni uno, mencionaba a Noni.

Condujo por las carreteras rurales que la llevarían al Merritt y luego a la ciudad. Un trayecto precioso en cualquier mañana, pero mucho más en otoño, cuando las hojas empiezan a caer. Pasó por el recinto ferial de Bethlehem y recordó con una claridad punzante el día en que Harry la llevó a la Feria Estatal. Nueces asadas. Cordero. Joder, una pasada. Llegaron a primera hora y se quedaron toda la tarde. Por la noche refrescó, así que le compró un poncho a una mexicana con las cejas trenzadas. Vieron una recreación de la Guerra Civil, cuatro hombres reunidos alrededor de un fuego de carbón, que se calentaban las manos y actuaban con desesperación. «La esperanza de la Feria Estatal —le dijo Harry—. ¡La puñetera esperanza estadounidense!». A su alrededor, había chicas con camisetas que enseñaban la barriga y zapatillas de Nike negras, carreras de tractores, las desgarradoras carreras de ponis, chicos jóvenes con monos de trabajo que enlazaban bueyes (Noni no sabía qué era más triste, los chicos o las vacas), tomates amarillos, mazorcas de maíz largas e imponentes, paseos en elefante, paseos en camello, ponis conducidos por hombres que habían nacido para morir. Harry y Noni lo observaron todo con el intelectualismo desapegado que caracterizaba a la gente como ellos. ¿Dónde había estado Marian ese día? En San Francisco, sí. En Kentfield, para ser exactos. Las mujeres como ella siempre estaban en los lugares adecuados de los que aún no habías oído hablar. Justo cuando pensabas que París en primavera era un buen destino, aparecía otro lugar perfecto para marzo.

Comieron perritos calientes Hummel y lascivos buñuelos de maíz y manzana. Noni tenía la barbilla amarilla por cuatro tipos diferentes de ácido oleico. La barba de Harry era un mapa de la velada. No volvieron a su casa a follar. Se sentía tan bien que fue capaz de hacerse la tímida. Sintió que él la deseaba esa noche, que el péndulo había empezado a oscilar. Tomó el último tren de vuelta a la ciudad, alegando que tenía que trabajar. Pero ese fue el día en que decidió mudarse al campo.

Siempre había un día así, cuando te enamorabas de un lugar y pensabas que era lo único que te faltaba. El sitio al que pertenecías. El sol siempre saldrá así. La gente siempre sonreirá, serán indios americanos y estadounidenses a secas, y nunca me cuestionaré quiénes son dentro de sus grandes botas y detrás de sus sonrisas.

Ahora, al pasar por el recinto ferial, se sintió, por primera vez en los dos años transcurridos desde la feria, igual de bien, fuerte, poderosa y autorrealizada como se había sentido aquel día. El poder sobre su propia vida. Era una mentira, por supuesto; el poder seguía estando en algún lugar ajeno a ella. En ese momento, provenía del trozo de papel y de la reunión a la que se dirigía.

Noni entraría en el despacho, serio e inodoro, de la abogada. Marian llegaría después, como hacían las de su clase. Iría vestida con ropa de lana color crema y botas de montar. Las dos mujeres, que nunca habían sido rivales en ningún sentido real, se convertirían de repente en algo más opuesto de lo que ninguna habría imaginado. Gladiadoras, en las catacumbas posprandiales y posapocalípticas de Manhattan, un Manhattan que había sufrido la muerte de una de sus estrellas. Manhattan, por supuesto, se recuperaría, aunque no antes de otro mes de luto. Noni miraría a Marian y Marian a Noni, se sentarían y el abogado les diría lo que ambas ya sabían:

Harry le había dejado a Noni su reloj. El Rolex, con las agujas azules con las que llevaba la cuenta atrás del mundo. Cuatrocientos mil dólares, pero el dinero era irrelevante. Era su posesión más preciada. Había sido de su padre, y del padre de su padre antes que él. Lo llevaba cuando hacía el amor, durante las duchas infrecuentes y los baños nocturnos desnudo. Solo le faltaba afirmar que tuviera poderes mágicos.

Ese día, en el despacho del abogado de la avenida Madison, Marian tendría que mirar a Noni, y ella sentiría una tremenda culpa por el hecho de que ese hombre, al que ambas habían amado, al que Noni había amado exponencialmente más, hubiera correspondido a la mujer correcta. Desde el principio, por fin y para siempre. Después de décadas de ser la segunda, la tercera y la cuarta, Noni era por fin la número uno. La ganadora. Todos los amables y sutiles rechazos de su vida se evaporarían. Era su *pub* en Irlanda, su tomate de color sol. Su madre, que nunca la consideró una verdadera señorita, tendría que reconocer, en la oscuridad de su tumba, que Noni, por fin, le pertenecía a alguien. Solo era demasiado tarde en el sentido más simple, el más corpóreo. De hecho, la mayor libertad le había llegado con ese regalo. Noni ya no amaba a Harry tanto como lo había hecho en vida. Se liberaría de su obsesión con su último regalo. Era la libertad que las mujeres como Marian habían conocido toda su vida, y ahora ella también la conocería. Y Marian sabría lo que era estar sometida a sus propias limitaciones. El regalo secundario, quizá el mejor de todos, era el más agridulce: Noni sería libre para sentir compasión por Marian. Simpatía por la mujer que siempre estaba quince centímetros por encima de ella. Se le revolvió el estómago.

Marian, que vivía a escasas manzanas de las oficinas de Spar, Worth y Lenstein, no tendría que salir para la lectura hasta dentro de dos horas, así que se sentó en el sillón que en su día había sido el de Harry y que había detestado, como odiaba casi todas las piezas chillonas que él compraba. El sofá de Luis XIV, por ejemplo. Las mesitas auxiliares.

No en su último día, sino unos días antes, el famoso documentalista se había sentado en ese mismo sillón, casi se había tumbado en él y le había dicho a su majestuosa esposa:

—Pero, Marian, en serio, ¿qué te ha hecho?

Marian estaba sentada frente a él, con un vestido de lona que llevaba porque le hacía sentir que ya estaba en el otro mundo. Fumaba, porque había empezado a fumar desde el diagnóstico. Irónicamente, le parecía la única cosa sana que podía hacer. Dio una larga calada y dijo:

—Nada, Harry, supongo que nada.

—En francés, tenemos una palabra para...

—¿Tenemos, cariño?

—Los franceses tienen un dicho sobre dejar que una mujer gane un plato frío.

—Sí, lo conozco.

—¿Marian? —dijo Harry, con su voz de amante, y la miró. En aquel estado, ella por fin lo veía como el hombre que era. Había tenido que diezmar por completo su cuerpo para que Marian dejase de ver a todas las mujeres en sus ojos, todas las zorras que zumbaban como moscas alrededor de su estiércol. Todos los elogios infantiles que había buscado durante toda su vida, de gente insignificante, pelotas. Al final, solo vio a Harry, el hombre que siempre había conocido, el hombre que sabía que siempre sería. La habían criado mujeres que sabían cómo vivir con la radiografía de un hombre. Era lo único feminista que podías hacer, si no eras lesbiana.

—Sí, Harry —dijo ella, aburrida. Era su manera distante de mostrarse conciliadora. El cigarrillo era una bendición y el día era magnífico. Todavía no había llorado, ni una vez en los últimos seis meses, pero ese sería el día en que lo haría.

—Deja que la pobre se lo crea, Marian. Lo necesita, ¿no lo ves? No es más que una cosa.

Marian le miró la muñeca, el metal que formaba parte de él. Miró al perro que estaba en el suelo, precioso, de un color azul grisáceo. Nunca había tenido un perro malo en su vida. Todos habían sido como aquella criatura: sanos, divinos y obedientes. No había pedido nacer así, ser el tipo de mujer para la que la vida se compone más de decisiones que de reacciones. En los días siguientes, pasarían cien mil cosas. Preguntas, tarjetas e invitaciones, y un amor no solicitado y extraordinario. El final de Harry sería el comienzo de muchas otras líneas y caminos, y su dolor sería lo único solitario que atendería en los momentos de paz, vestida con batas elegantes, como un helecho en su dormitorio, que se elevaría de la tierra rubia para saludar al sol penitente.

CHICA
ESTADOUNIDENSE

El político era guapísimo y la presentadora del programa de entrevistas estaba gorda. Era lo primero en lo que todo el mundo se fijaba al verlos y ambos adjetivos se agudizaban cuando estaban uno al lado de la otra.

—No me creo que ande con esa —dijo una asistente en la oficina del político. Como todo el mundo, estaba enamorada de él. Tenía esa clase de ojos marrones nerviosos que todas las mujeres adoraban. Era encantador, pero muy contenido. Sus padres eran pobres, él mismo era más bien pobre, pero tenía amigos en las altas esferas. Debajo de esa apariencia comedida, era tan ambicioso como todos los hombres jóvenes y guapos.

—Me da la sensación de que siempre tiene los ojos cerrados —comentó otra joven. Ambas eran morenas y sus madres les habían enseñado a no practicar el sexo demasiado pronto. Miraban una imagen borrosa del político y la presentadora en la pantalla de la televisión. TMZ les había sacado una foto mientras cenaban, en el mismo lado de la mesa, en un restaurante a orillas del mar.

—Nobu —dijo la ayudante con desprecio—. No me creo que haya ido allí.

—Decisión de ella, seguro —contestó la otra—. De todos modos, ella paga la cuenta.

Las dos se rieron.

Margherita rellenó los botes de salsa caliente de las mesas. Usó una fregona para pulir las manchas. Rellenó los cuencos de alambre de las estanterías suspendidas con limones Meyer y aguacates. Ella misma preparaba la salsa picante con pimientos de cayena del jardín de fuera. Le importaban esos detalles.

El primer cliente del día fue Jeff, que trabajaba para un fondo de cobertura de la playa en Marina del Rey y vivía en uno de los entusiastas condominios de allí. Iba hasta Venecia por el sándwich de pescado ahumado y huevo, decía. Sin embargo, Margherita sabía que era por ella. Aun así, nunca había dejado más de un quince por ciento de propina.

—Hola, dulzura —la saludó al sentarse en su sitio. Tenía la sección de la ventana, la mejor.

—¿Hoy empiezas pronto? —preguntó Margherita mientras frotaba la botella de salsa picante.

—Muy graciosa —dijo Jeff. Era mediodía de un lunes. No estaba gordo, pero tenía demasiada piel en la cara.

—¿Lo de siempre?

—¿Podrías decirlo con menos cachondeo?

—¿Un día temprano en la oficina?

Sonrió. Ella levantó la barbilla. Una vez había dejado que la llevara a tomar unas copas. Antes de que se pusiera el sol, se había emborrachado y le había pagado a un hípster veinte dólares por un cigarrillo mentolado. Él se le acercó al cuello y le dijo:

—Quiero llevarte a Roma mañana. Lo digo en serio.

Detrás del mostrador, Hiro, el chef imaginario, ya había preparado el sándwich, con un salmón ahumado que se parecía al prepucio que Margherita vio una vez en una circuncisión.

Se entretuvo mirando el teléfono. Le había llegado un correo electrónico de la campaña de Phillip. Siempre estaban en Courier New. Los párrafos eran de una sola frase y las frases eran breves. Lo escribía todo él mismo, aunque tuviera un redactor de discursos. Tenía mala ortografía, pero eso no le importaba a nadie. Todos sus actos de recaudación tenían una bebida característica. Sabía que el mero hecho de añadir menta a algo anodino añadía una sensación de valor.

```
La invitamos cordialmente a una
recaudación de fondos con Phillip
Coover en May Day, de 16:00 a 22:00.
En el hogar de Marie Land
Música: tambores africanos
Comida: aves asadas y mizuna con
rábano de sandía
Bebidas: margaritas con piel de
naranja y menta
Cien dólares por adelantado,
doscientos en la puerta
La esperamos.
```

La «h» era por ella, lo sabía; el «la esperamos» era para ella y otras diecisiete. Se dio de baja de la lista de correo. Se le preguntó el motivo por el que había cancelado la suscripción. ¿Demasiados mensajes? No, la campaña envió la cantidad perfecta. ¿Ya no son relevantes? De hecho, le preocupaba que siempre lo fueran. Seleccionó «Otros motivos» y le dio a enviar.

Apareció un mensaje: «La sección de comentarios no puede quedarse en blanco».

«Vale», escribió en la caja de comentarios y lo envió de nuevo. Luego le llevó el sándwich de pescado ahumado a Jeff, mientras recordaba cómo, en la circuncisión, la familia del niño había servido alcaparras, *bagels* y garbanzos junto a un plato de salmón en capas y reluciente. Margherita no lo probó porque en aquel momento no sabía qué era.

═══════

—Joder, estoy enamorada de él —dijo la actriz famosa a nadie.

Sin embargo, era vieja, demasiado. Tenía cuarenta y un años en la prensa y cuarenta y seis en la vida real. Era lo bastante mayor como para que internet no pudiera descubrir la mentira. Eso era muy antiguo.

La actriz famosa no era excesivamente conocida. Antes lo había sido. Ahora solo tenía buenas chaquetas de punto y fantásticas sandalias de cuero con las que pasearse por la arena de su playa de Malibú.

Él había ido tres veces, a fiestas, y la tercera lo dejó caer. ¡No! Fue ella. «Si alguna vez quieres usar mi casa», le dijo. Abrió tanto los ojos que quiso pegarle. Quiso mearse en sus ojos.

Quería un hijo. Todos los hombres lo anhelaban. Tal vez quería una hija. Ella aún podía darle uno, pero no por mucho más tiempo. Estaba delgada como una cigüeña. Era lo único que le quedaba aquellos días. Delgadez, dinero y café gratis.

Había oído los rumores. Le había hecho un regalo a su chica de relaciones públicas. Esa tonta de Indiana, Mandy Sue, le habló a la actriz famosa de la presentadora de un programa de entrevistas hacía un mes, antes de que nadie lo supiera. Mandy Sue lo sabía todo. ¿A qué bares iba la muy idiota? ¿En qué sitio cutre de West Hollywood se metía, donde todos sus subordinados iban y cotilleaban sobre la gente a la que les compraban aceitunas Cerignola?

El vestido estaba preparado para el evento. Gasa dorada. Estaba colocado sobre la cama, como la silueta de tiza de un cadáver. La presentadora del programa de entrevistas de repente tenía más dinero que ella y era más joven. No joven, pero sí más que ella.

No era guapa. Ni siquiera sin su peso sería pasable. Sin embargo, era relevante de una manera que la actriz famosa ya no lo sería. Siempre había sido demasiado selecta para ser relevante.

La actriz pensaba que, si otros conseguían a las personas que querían con solo desearlo, entonces ella se haría con su hombre. El único al que había amado. Había esperado a encontrar al adecuado para intentar tener otro hijo. ¿Por qué había llegado tan tarde y por qué se había ido tan pronto?

—¿Por qué? —les dijo a las paredes de cristal del balcón, desde donde se saboreaba la sal del mar y la ingravidez de Dios.

Hacía un mes que la presentadora había descubierto su poder mágico. Redescubierto, más bien. Recordaba el momento preciso en Gjusta, donde trabajaba la guapísima croata.

Cremora, llamada así por la crema sin lactosa que le gustaba a su madre, acababa de pedir el sándwich de pescado ahumado, con el pan aparte. Era una tontería; siempre se comía el pan después de dejar el plato limpio de alcaparras y pescado resbaladizo.

La camarera, Margherita, la morena más incandescente y tetona que se pueda imaginar, se le acercó con el bocadillo de pescado deconstruido. En ese momento, Cremora sintió el peso de todos sus kilos y el autodesprecio. Dio un sorbo a la limonada espumosa y maldijo a Dios, a su padre y a toda una sociedad que valoraba a las mujeres como aquella camarera por encima de ella. Aunque la camarera probablemente viviera en Silver Lake, condujera un coche de mierda y compartiera piso con otros camareros, era preciosa. Más exótica, más bajita y descuidada que una modelo. Preciosa, al punto.

Pero eso no era lo peor.

Cada cinco años, más o menos, en Los Ángeles y Nueva York aparecía un hombre al que todo el mundo quería. Durante los dos últimos años, había sido Phillip Coover, representante estatal del noveno distrito de California.

Cremora lo había visto por primera vez en la fiesta de cumpleaños de un director moribundo en San Miguel de Allende, seis meses antes. Era guapo, pero no quitaba el hipo. Entró en la cocina del director mientras Phillip rellenaba la gigantesca jarra de agua en el dispensador. No esperaba que nadie fuera a verlo. A Cremora le llamó la atención esa humanidad. Los hombres amables volvían a estar de moda, después de muchos siglos.

Hacía varios años que quienes importaban sabían quién era. La propia Cremora acababa de alcanzar su punto álgido de relevancia, pero había estado demasiado ocupada curando la herida que un famoso actor le había causado.

—Hola —había dicho Phillip, sorprendido—. Tenía ganas de conocerte. Soy un gran fan.

Aquella tarde, Cremora iba ataviada con un caftán de rayas *beige* de Loup Charmant encima de un mono de Jade. Todo el conjunto, incluido el sombrero de paja que llevaba en la cabeza, costaba veintitrés dólares. Era lo mínimo que tenía que gastar en un atuendo para salir de casa. En su pódcast, ensalzaba las virtudes de la feminidad y de sentirse orgullosa con cualquier talla. En todo el país, las conductoras de autobús y las profesoras con endometriosis la consideraban su salvadora, la razón por la que eran capaces de salir de las trincheras de la anulación y los atracones.

—Lo siento, no sé su nombre.

—Phillip Coover, soy diputado.

Se la folló con los ojos. No se limitaron a ponerse encima, sino que la levantaron y la montaron. Así de fácil, el dolor del actor se esfumó y se vio sustituido por la fiebre herpética de un nuevo enamoramiento. En los últimos años, Cremora se había vuelto muy rica y querida por el tipo de mujeres con las que nunca quiso relacionarse. Sin embargo, se seguía enamorando de la misma manera de siempre. Rabiosa e infantil. Durante el resto del fin de semana, lo vio nadar en la pequeña piscina de agua salada, comer ceviche de vieiras y ser galante. A partir de entonces, pasó meses triangulando su paradero y cruzándose con él en eventos. También se dedicó a hacerse más famosa y a interesarse más por la política. Tenía la esperanza de que la obsesión y las maniobras le consiguieran una cita con él, pero no había contado con la magia.

Cremora fue a Gjusta ese fatídico día porque sabía que él estaría allí. Le pagó a su ayudante para que se comportara como una acosadora. Sin embargo, cuando llegó, lo vio con Margherita. Estaba claro que habían follado. No solo eso, era evidente que no usaban condones y que habían pasado juntos al menos un extraño fin de semana en Palm Springs.

Algo en Cremora se rompió. Una especie de rabia ante la idea de la exquisitez. Había comenzado a sentirla muchas lunas atrás, con la primera mujer que su padre trajo a casa después de la muerte de madre, como una triste, frágil, huesuda y rubia madre joven y enferma.

Una mañana, pocos meses después del funeral, Cremora, con diez años, se despertó y una señora extraña preparaba huevos en los sucios fogones blancos. Su padre hacía café y tarareaba. Lo primero que pensó fue que la mujer era preciosa. Sintió que había traicionado a su madre con esa ocurrencia.

—Esta es mi amiga Patricia —dijo su padre, radiante.

La mujer llevaba un vestido de lino sin forma y tenía una larga melena negra despampanante.

Durante semanas, Cremora pensó en el suicidio. Luego volvió a centrarse. Cuando era aún más joven y su madre enfermó por primera vez, aunque al principio todo el mundo creyera que estaba cansada porque siempre se acostaba tarde, aprendió por sí misma a despertarse para ir al colegio. Solo tenía que pensar en la hora exacta, las seis y media, visualizar los números en su cabeza y concentrarse. Escribía los dígitos en un papel una y otra vez, hasta que no pensaba en otra cosa que en la hora. Como por arte de magia, cada mañana sus ojos se abrían a las 6:30.

Decidió emplear la técnica para Patricia. Después de clase, iba a la biblioteca a investigar enfermedades raras. Después de varias semanas, se decidió por la proctocolitis hemorrágica. Miraba las imágenes de la enfermedad en la enciclopedia y en las revistas médicas. Hacía dibujos de una mujer guapa de pelo negro que sangraba por el ano. Miraba a Patricia en casa, sentada en el sofá blanco en el que había muerto su madre, e imaginaba cómo un gigantesco charco de sangre se materializaba bajo su trasero. Incluso creó un mural de la visión y puso las letras del nombre de Patricia por todo el lienzo, junto con estudios de casos de la enfermedad y manchas brillantes de rotulador rojo. Lo escondió bajo la cama y soñó cada noche con una hemorragia rectal.

A los seis meses, a Patricia le diagnosticaron cáncer de vejiga. Se acercaba lo suficiente, pensó Cremora. Su padre la dejó, porque, según dijo, no era capaz de perder a otra mujer. Nada cambió mucho para Cremora; su padre nunca la había llevado a la bolera, ni siquiera a cenar los dos solos. Al final, se buscó una nueva novia, una pelirroja con dientes de ciervo que se quedó. Cremora no se atrevió a odiar a la nueva candidata. Estaba triste. La evanescencia de la obsesión era como una teta caída.

En cambio, lo que vino después fueron años de odiarse a sí misma. De querer cosas de los hombres que no sabía articular. De comer demasiados aperitivos naturales, como tiras de *cheddar* vegano y patatas de cebolla de las islas.

Aquel día en Gjusta, ni siquiera había tenido la intención de hacer algo. Solo estaba muy enfadada por culpa de otra mujer preciosa que servía huevos. Sentía cómo las décadas en las que ni una sola vez le había gustado un hombre que la correspondiera le recorrían el cuerpo. Algo en su interior se iluminó. No le hizo falta concentrarse durante semanas como la última vez, porque toda la degradación se enrolló como una cortadora de césped.

En ese justo momento fue cuando Phillip Coover la miró. Fue como si la camarera se evaporara.

—¡Hola! —dijo, y la saludó desde el otro lado de la habitación. Se acercó a la mesa de Cremora, con una taza de café gigante en la mano y se sentó. Los ojos de la camarera se apagaron y se aguaron. «Vete a Marruecos —gritó Cremora en su cabeza, entre risas—. Vete a Chauen y camina por las calles con ese pelo negro ondulado».

En cualquier caso, ese fue el momento en que la magia funcionó. El político quedó prendado. Era suyo. Fueron inseparables desde entonces.

═══════════════

—¿Por favor? —dijo Summer.

—No —respondió Margherita—. Vete tú.

—No puedo ir sin ti. Habrá tíos buenos.

—Te importan más los tíos buenos que mi sufrimiento.

—Tía, sé realista. A todas les importan más los tíos buenos que el sufrimiento de otra mujer. Joder. Me importa más si pedí el rímel de Dior a prueba de agua o no. Odio devolver cosas.

Estaban en la cafetería. Dos camareras. Summer llevaba mechas. Margherita era más seria, porque era de otro país. La recaudación de fondos era esa noche, en casa de la actriz famosa en Malibú.

Summer hacía todo el trabajo secundario de Margherita, quien sabía que, si dejaba que la otra envolviera con plástico las latas de pescado, sería el fin. Tendría que ir. Empezó a llorar.

—Joder, tía, ¿en serio? —Summer apartó la mirada exasperada de su reflejo en la mesa de preparación de acero y fingió sorprenderse de que Margherita estuviera llorando.

—Vete a la mierda.

—Vete tú —replicó Summer—. Puedes tener a quien te dé la gana.

Pero Margherita sabía que eso no era cierto. Era preciosa e inteligente y algún día sería una madre maravillosa, pero sabía que no era suficiente. Quererse a una misma no era suficiente. Hoy en día, las mujeres tienen que ser un millón de cosas. Ser guapa estaba pasado de moda. Un hombre de éxito mejoraba su reputación si tenía una esposa fea. Significaba que tenía personalidad. ¿Cuántas veces se había tirado a Phillip? Nunca habían follado. Siempre habían hecho el amor. Era de esos, suaves y negligentes, que hacía el amor por defecto. Con una lengua que sabía a apio, a maravillosa nada.

Entonces llegó el día en la cafetería; que no era una cafetería, sino una bocatería, un mercado de pescado ahumado y una carnicería, un espacio de trabajo y un bar de zumos. En aquellos días, las cafeterías eran como las mujeres: tenían que ser un millón de cosas perfectas, brillantes, acogedoras y prácticas a la vez. Ese día, la presentadora del programa de entrevistas entró y Margherita perdió a Phillip. Fue como si le hubiera lanzado un hechizo. Fue el día en que 1955 fue sustituido por un futuro mecánico e informe.

Desde ese día, siguió enviándole mensajes con tonterías, fotos de lechones, cabritillos y patas partidas de cangrejo, pero no lo había vuelto a ver. Sabía que no pasaba nada; no había sido su novia. Había sido más y menos que eso a la vez. Sabía que era una locura querer ser una novia. Había sido su amante. Y un día, cuando fuera seguro, él volvería, por su culo y sus labios. La belleza nunca pasaba de moda en el cerebro vacío de un pene. Entonces, ella dejaría que le hiciera el amor, porque había muy pocos hombres buenos.

—Además, no es por los hombres, ya lo sabes —decía Summer—. Quiero un bebé. Quiero una niña esponjosa a la que criar para que sea una lesbiana de cabeza rizada. Quiero educar a una hija con cuchillas en la lengua que le haga una mamada a todos los tíos que me han hecho daño. Que nos lo han hecho —añadió, y rodeó con un brazo a Margherita, que había empezado a llorar a mares—. A todos los tíos que nos han hecho daño.

—Ojalá pudiéramos unirnos —convino Margherita.

Pero Summer no la oyó. Se estaba pintando los labios en el reflejo de un bote de edulcorante plateado.

———

Cremora se preparó para la recaudación de fondos en su bungaló de Venice. No se había mudado a Los Ángeles hasta que pudo hacerlo bien. Había esperado hasta poder pagar seis mil dólares al mes. Quería evitar las urbanizaciones con puertas de hierro forjado y piscinas compartidas y baratas. Todas tenían nombres parecidos: Pacific Bay Towers, Ocean Towers. Había esperado a que llegara su momento en Ventura, donde había vivido en un estudio e ido a comprar a Vons con cupones en la visera de su Prius. Había trabajado sin hacer ruido y con diligencia durante cinco años, asistido a todas las horas felices de yoga y seguido a la gente adecuada en Instagram. Empezó el pódcast con los aparatos de grabación encaramados en la encimera de la cocina y la persona entrevistada sentada en un rincón estrecho junto a una trampa para ratones. Los primeros fueron los más suicidas. Una madre de Santa Clarita cuyo hijo había muerto en una escalera mecánica. Una estudiante de ciento ochenta kilos que dijo que no sabía calcular cuántas pastillas le harían falta a alguien de su tamaño y que eso era lo que siempre la detenía.

En la brillante luz alimonada de aquella sucia cocina, Cremora sabía que había encontrado oro. El nombre, *Chica estadounidense,* le había venido de forma orgánica. Al mirar a esas mujeres, al escucharlas, al ver cómo mostraban más podredumbre de la que ella misma había conocido, supo que había aterrizado de lleno en el corazón de la nación. Las mujeres se morían. Se morían por dentro, y Cremora lo demostraría dando voz a las que querían matarse por fuera.

Era el género opuesto el que siempre la había eludido. Parecía que siempre querían algo en lo que ella no había pensado. Era como ir al mercado a por los ingredientes de una tarta para la hora del té y volver a casa sin haber comprado *English breakfast.*

Pero entonces ocurrió la magia. En el último mes, Phillip y ella habían ido a un partido de los Lakers, a Hog Island a comer ostras y Camembert, y a Joshua Tree, donde follaron bajo un cactus con forma de cruz. Sí, ella lo había pagado casi todo, pero un día él sería senador. Aunque fuera magia, era su magia a la que él respondía. Decidió que era como una feromona.

Era más feliz que nunca. Sentía que toda su maldad se disipaba y se escurría en la ducha. Era guapísimo. Hacía unos huevos fritos estupendos. Tiene una sonrisa segura y abrumadora, como el crucigrama del domingo. No había problemas. «Te amo con todo mi ser», le dijo. Nada de lo que decía era específico o realista. Lo amaba más que él a ella, pero no había otros problemas.

—He leído por ahí que las chicas que tienen una buena relación con sus padres se vuelven superdotadas —le contó la actriz famosa a su estilista.

—Ajá —dijo Brandon, y dio una larga calada a un vapeador plateado.

Todo él olía a zanahoria. Estaba asomado al balcón de cristal y miraba la playa. A la gente como él le bastaba con venir a casas como la suya un par de veces a la semana.

—¿Qué hay de las madres? —dijo.

—Me da que las madres son superimportantes y no importan nada a la vez —añadió la actriz famosa. Odiaba haber empezado a usar expresiones como «me da». Siempre intentaba ser una década más joven. Estaba destinada a ser una década más joven.

—Las madres tienen mucho que ver con la belleza —dijo Brandon—. Saben hacerte sentir como una mierda en lo que concierne a la apariencia.

—Nunca una mujer ha abogado por mí —respondió la actriz famosa—. Que mi agente me diga que tengo talento un par de veces en dos semanas es lo máximo que he recibido de una mujer.

—La política es la nueva celebridad —comentó Brandon. Siempre la vestía con prendas con las que se sentía barata. Le gustaba dejarle el pelo barato y llamativo. Pero no podía despedirlo. No se despedía a un estilista. Se acercaba demasiado a admitir que te odiabas a ti misma.

—Estoy agotada —dijo la actriz famosa—. Siempre hay un nuevo algo.

—Bueno, gracias a Dios que ahora es política. Nos hace falta. A los marginados.

—Ahí está la gracia. Los marginados siempre serán marginados.

—Soy gay —dijo Brandon sin pensar—. Es mi momento.

—Hace años que lo eres. ¿Cuándo llega la hora de las mujeres mayores?

—Ya es la hora de las mujeres.

—De las jóvenes. Para ellas siempre lo es.

Él se rio con ganas. Era demasiado fácil hacer reír a la gente que era más pobre que ella. La actriz miró el agua. Los dos observaban el mar y le hablaban, como en una de las innumerables y terribles películas en las que ella había salido.

—¿Quieres a ese idiota? —preguntó Brandon, porque llevaba un mes deprimida—. Yo también lo quiero.

—Deseo tenerlo, muchísimo. Nunca deseo a nadie.

—Podrías ser bollera.

—Demasiado tarde. Ya no están de moda.

—¿Qué vas a hacer, Marie? ¿Suicidarte?

—Esta noche, tal vez.

—No lo hagas esta noche. Hazlo mañana. Esta noche va a ser gloriosa. ¡Mira la piscina!

Marie echó un vistazo a la piscina. Había auténticos nenúfares de la India y muñecas American Girl montadas en cisnes hinchables. Pronto habría coreanas con un flequillo estupendo y nigerianas con piernas de escándalo que servirían *ikura* sobre hojas de *shiso*. Un camarero tenso la miraba como si quisiera acostarse con ella, porque así miraban los hombres atractivos de la ciudad a todas las mujeres poderosas. Ella miró a Brandon, que le devolvió la misma mirada. Al fin y al cabo, hasta los gais eran hombres.

—Nena, ¿te vas a poner el vestido de oro rosa o no? Si lo haces, me pondré una corbata a juego.

———————————

Margherita le entregó las llaves del Ford Fiesta al aparcacoches, que las miró a Summer y a ella. Juntas estaban impecables, con aroma a lima.

¿Por qué había venido? Allí solo había polvo. Echaba de menos los árboles de los lugares fríos que crujían en febrero. Y el mar en invierno.

Summer se adelantó. Una mujer con un esmoquin rosa pálido recibía a los invitados con margaritas en la puerta.

No tenía nada en común con Summer. Solo que se habían tirado al mismo hombre. Un jugador de fútbol irlandés. Había sido completamente aleatorio. Ni siquiera había estado en la cafetería. Pero así era. Había muy pocos hombres que no tuvieran la barba roja o apestaran a queso de cabra, y demasiadas mujeres fantásticas.

Había sido una noche en Palm Springs en la que se sintió absolutamente segura. Él se le había puesto encima. Habían cenado alcachofas y nada más. Alcachofas asadas en aceite de oliva con escamas gigantes de sal. Él siempre miraba más allá de ella. Pero tenía un deber con el país. Ella creía en ello y en él.

Una vez, ayudó a un joven chef a poner en marcha un restaurante. Ayudó a limpiar las aves y el pescado. Eliminó con una manguera la sangre de los suelos de hormigón. Ese hombre se había marchado a Uruguay, con un restaurante en su propia isla privada.

Las personas como ella no aparecían en los créditos. Las invitaban a todas las fiestas posteriores. Sus cuentas de Instagram brillaban con limoneros y cerdos recién matados e imágenes nebulosas de sí mismas junto a hogueras frente al océano Atlántico. Ni una sola vez en su vida, Margherita se había quedado fuera.

———

Cremora vio entrar a la camarera y se le paró el corazón. Llevaba un vestido rojo con escote ochentero. Probablemente le había costado menos de setenta dólares.

Quiso preguntarle a su futuro marido si la campaña había invitado a la camarera o si lo había hecho él, pero no era lo bastante atractiva como para hacer esas preguntas. Solo conseguiría resaltar su propia falta de atractivo ante la belleza de la croata.

El actor famoso al que había amado se la había follado siete veces en cinco noches. No había habido ninguna relación, solo una semana en Marfa rodando un anuncio para el autismo.

Había sido la única mujer famosa que había allí y todos los ayudantes y asistentes personales eran chicos o lesbianas. Habían tenido las habituales charlas de borrachos bañadas con sangría en un lugar caluroso con grandes cielos, pero no llegaron a profundizar en ningún momento. Sin embargo, lo había visto tantas veces en la pantalla que sentía que lo conocía. Al fin y al cabo, era fácil conocer a los hombres después de acostarse con ellos. Era lo que ocultaban cuando no te follaban lo que te hacía pensar que había algo más.

Una vez, entre Patricia y la mujer con la que se casó, el padre de Cremora le habló de su gusto en mujeres. Dijo que le gustaban las que parecían comer caramelos. Piruletas, caramelos duros. Le gustaban las mujeres que tenían un aspecto un poco ruinoso, delgadas, con mejillas de drogadicta, sanas en un sentido malsano, como si pudieran sobrevivir a un holocausto gracias a sus genes de chusma blanca. En realidad, solo había mencionado la parte de los caramelos, pero Cremora ató cabos por su cuenta. Cuando era niña, la alfombra de su casa olía a pies y a enfermedad. Su padre olía a rico, pero se comportaba como un pobre, agresivo; nunca quiso a las mujeres. Su madre no estaba sana en un sentido malsano, sino todo lo contrario.

———————————

—Siempre he querido una niña como tú —dijo la actriz famosa.

Se tragó dos Klonopin y dos Lorazepam con una copa de garnacha picante. Siempre tomaba su propio vino en las fiestas. Era lo único que hacía para sí misma con cariño. Todos los demás bebían de cajas gigantes de Bota detrás de la barra. Incluso el director moribundo.

La famosa actriz le hablaba a su vientre plano, lo acariciaba y se reía. Estaba en el balcón. Abajo, la presentadora de un programa de entrevistas miraba feliz a las muñecas American Girl de la piscina. Iba del brazo del hombre que ambas amaban. La actriz famosa se preguntó si alguna mujer se habría sentido feliz por otra en la historia del mundo. Con la excepción, claro está, de sus hijas.

═══════════

—Mierda —le dijo una morena a la otra, después de que su jefe anunciara su compromiso a los asistentes de la fiesta, junto a la piscina.

—¡Qué cojones! —exclamó la otra.

—Nunca dos personas han tenido tanto miedo de perderse la una a la otra —susurró la primera morena, con sabiduría.

—Pero está gorda —soltó la otra, con una sombría añoranza en la voz.

═══════════

Phillip vio entrar a Margherita con una de sus amigas buenorras. Se le empañaron los ojos un instante. Sabía que le iría bien. Se casaría con un chef personal y un martes cualquiera en el futuro, cuando se reencontrasen en Big Sur, le diría la verdad, que la había querido más a ella. Con una cerveza en la mano, le explicaría cómo eran los hombres, que necesitaban lograr algo en el espacio exterior para existir.

Más tarde, cuando las estrellas plateadas iluminaban el mar y empezó a llover, Phillip entraría en la casa de Marie para ir al baño y después saldría al balcón de cristal a mirar a los juerguistas, a los votantes. Pronto todo sería suyo, Los Ángeles y luego Nueva York, lo cual era más difícil y también más fácil. Además de todos los pequeños lugares intermedios, con madres compradoras de Kohl's y padres que querían matar a los hombres que violaban a sus hijas, pero que se limitaban a arremeter contra ellos en los juzgados, cuando ya era demasiado tarde.

Phillip no veía a la famosa actriz flotando bocabajo en la piscina. Parecería una obra de arte, una escena de los años cincuenta, con las muñecas, los nenúfares y el vestido de gasa que dejaba al descubierto su huesudo trasero. Margherita sería la encargada de encontrarla. Sacaría a la mujer del agua, con las finas muñecas goteando. Brandon, el estilista, sería el responsable de decírselo a Phillip. Lo agarraría por el codo y lo alejaría del bullicio. «Tengo que protegerte de esto», susurraría, con la corbata aflojada por la pena.

Phillip sabía que Marie Land sentía algo por él, pero no sabía mucho más. No era consciente del hijo que había nacido muerto. No habría importado que lo hubiera sabido. No había sido él quien lo había puesto ahí. Los hombres nunca han sabido amar algo que no respirara aire. No entendían cómo era amar a alguien que no te correspondía, aunque esa persona dijera que te amaba. Phillip había conocido a una mujer, una exconcursante de *The Bachelor,* que se colgó del cable de una aspiradora porque su novio, un jugador de la NBA, le dijo que no la quería. Le dijo a su nueva prometida que le parecía una locura. La suicida había estado hablando por teléfono con su madre mientras se enrollaba el cable en el cuello. «¿Cómo pudo hacerle eso a su familia?», comentó Phillip, como si no supiera a qué se dedicaba Cremora.

En cuanto a su prometida, nunca había visto las marcas que tenía en la muñeca porque ahora llevaba un tatuaje numérico en una y en la otra se ponía un brazalete hecho por niñas hambrientas de Uganda. No sabía que la palabra «cáncer» era un tema doloroso. Además, nunca había visto la calva blanca y brillante del tamaño de una moneda de cinco centavos que tenía en la parte superior de la cabeza, un recuerdo de la década en la que se arrancaba los mechones, como una madre gorila, mientras veía *Melrose Place.* Tenía sentido que nunca lo hubiera visto, porque ella hacía lo posible por ocultarlo. Sombreros, laca, incluso esmalte de uñas Chanel Giallo Napoli.

Sin embargo, por el momento, Phillip no veía nada más que el mar. No le molestaría la lluvia. Estaría sobrio, porque nunca bebía demasiado, porque lo que quería estaba siempre en el futuro. Pensaría en ese futuro, como siempre hacía, cada segundo de cada día. Para empezar, estaba seguro de su compromiso. Cuando deslizó el brillante anillo en su dedo regordete, los ojos de su nueva prometida brillaron como cuarzos. Se había prometido a sí mismo que nunca dejaría de follársela. Sería como un perro, algo amistoso con lo que siempre podría contar.

Su nombre también era una señal. Era el nombre del polvo rubio que su abuelo se echaba en el café. Phillip pasaba todos los veranos con el hombre, aprendiendo a hacer vino, a preparar huevos, a usar un bastón y todo tipo de mierdas que se vendían en Abbot Kinney por 495 dólares. Era a su abuelo y no a su padre a quien Phillip admiraba, aunque se parecía al segundo. Phillip aspiraba a vivir como su abuelo. Un hombre pobre de la Dust Bowl, pero orgulloso de Kennedy. Un hombre que a diario cultivaba veintisiete acres en las arenosas tierras de cultivo del condado de Monterrey. Ahora estaba plagado de plantas de marihuana y de mexicanos que se cubrían la boca con pañuelos para evitar el polvo. Pero antes, su abuelo se levantaba todas las mañanas con su café, su Cremora y una galleta de suero de leche, araba los campos, ataba los bueyes, mataba los cerdos y embotellaba bolas de pesticida del tamaño de las pelotas de un hombre menor. Su abuelo, cuyo nombre llevaba. Su abuelo, que no necesitaba nada más que sus propias manos para salir adelante.

UN FIN DE SEMANA EN LAS AFUERAS

Un caluroso domingo de finales de agosto, Fern y Liv se tumbaron al sol en el club de campo de los padres de la segunda. A los veintisiete, ya eran mayores para venir de la ciudad a pasar el fin de semana a nadar en la piscina y comer ensalada de pollo en el patio, para después mandarle la factura a la abultada cuenta del padre de Liv.

Sin embargo, la noche anterior había sido extraña (condones rotos y digestivos tibios), y quedarse en Manhattan después de ese tipo de noche, durante una ola de calor, habría sido demasiado.

Eligieron dos tumbonas junto a la piscina. Unas niñas chapoteaban y chillaban mientras niños escuchimizados se movían bajo el agua con las palmas de las manos levantadas como si fueran aletas de tiburón. Ni siquiera los chicos con el pelo muy largo necesitaban gorro de baño en el club. Los gorros eran para la piscina del pueblo, donde los socios perdían pelo y tenían las puntas abiertas.

Los empleados del club, vestidos con polos color crema y pantalones cortos caqui, anotaban los pedidos de las bebidas y luego tardaban cuarenta minutos en sacar las mezclas dietéticas con robustas rodajas de limón. Las chicas se miraron los pies y, más allá, a los molestos niños del agua. Levantaron la vista y sintieron el sol en el cuello. El cielo en las afueras era del azul del limpiacristales, mientras que en Manhattan el azul estaba desteñido, como si acabaras de acostarte con un tío en la misma habitación pequeña en la que tu mejor amiga se había tirado a otro.

Fern y Liv siempre trataban de decidir quién era más guapa o *sexy*, quién podía saltarse la cola para entrar en Le Bain o quién parecía más elegante cuando bebía cortados en una cafetería con las piernas cruzadas. La respuesta cambiaba en función de si se evaluaban de lejos o de cerca y de lo que cada una llevara puesto, cómo tuviera el pelo, cuánto hubiera descansado y, por supuesto, a quién le hubieran tirado más los tejos recientemente los tíos altos con másteres en empresariales.

Los hechos. Fern era más delgada que Liv, pero Liv era rubia, alta y tenía las tetas enormes y bien espaciadas. Se la podría calificar de gordita en determinadas circunstancias, en vaqueros o *leggins*, por ejemplo, o en clase de *power* yoga. La cara de Fern podía parecer deforme, con una iluminación extraña, sin maquillaje. Liv tenía más posibilidades de que la llamaran guapa, sobre todo los negros y los daneses. Fern era más a menudo *sexy* y misteriosa. Le gustaba a los hombres pequeños y judíos. También a los de cualquier país latino, y los italianos de Jersey o Delaware. Financieros con labio leporino y blogueros de Bushwick. A los irlandeses les gustaban las dos. A los camareros no les gustaba ninguna.

Fern estaba leyendo *La canción del verdugo;* le agradaba el peso del libro en la parte superior de los muslos. Quería que la empotrasen. Liv estaba con una de sus novelas gráficas. Era la divertida, la que se quedaba en el bar a última hora con la gente que esperaba ligar o con los alcohólicos que nunca pensaban que era el momento de irse a casa. Liv era más bien como estos últimos. No quería ligar tanto como estar fuera. Hacía que los demás se sintieran mal por marcharse antes de las dos de la mañana.

Fern pensaba en la casa vacía de su infancia. Aunque estaba a menos de cinco kilómetros, su familia no había sido socia del club. Veraneaban en la piscina del municipio. Extendían una toalla marrón y otra irregular de Nautica de color amarillo claro sobre el cemento caliente y sus padres fumaban mientras ella nadaba. Primero su padre, y luego su madre, sacaron el cáncer en la ruleta de cómo vas a morir. Fern imaginó que la ruleta se encontraba en una parte de mierda de Londres y que la giraba un hombre con dientes marrones y uñas de cocainómano. A su madre la habían incinerado hacía unos meses.

Ahora la casa familiar estaba en venta, junto con todo su contenido: las estatuillas de Capodimonte de viejos italianos que jugaban a la petanca, comían mota y se lamían los dedos oscuros; la *Enciclopedia Británica,* el portaplumas de mármol de su padre y los cuencos de aluminio de Puppy, que vivió cuatro años antes de que lo atropellase un Escalade en la avenida South Orange.

No estaban a la venta las amarillentas pilas de guías de televisión que coleccionaba la madre de Fern, sobre todo los avances de otoño; tampoco un cuenco de caramelos venecianos hechos a mano, llamados *lacrime d'amore.* «Lágrimas de amor». Eran unas bolitas del doble del tamaño de un grano de pimienta, finas cáscaras de color pastel rellenas de una gota de *rosolio,* un licor italiano hecho con pétalos de rosa. Se evaporaban en la boca como aire picante. Cuando llegaron por correo, desde Marghera, la madre de Fern echó el cuello hacia atrás y lloró de alegría. Hace poco, un primo le había dicho que un importador italiano los vendía cerca de Newark. Sin embargo, para entonces la madre de Fern ya se había vuelto gris. «Es la falta de oxígeno —dijo con seguridad un residente de Saint Barnabas Medical—. ¿Veis cómo nuestras caras están rosadas? Es sangre oxigenada. La de tu madre disminuye muy deprisa. Es como si su sangre no pudiera respirar».

Liv tarareó como si estuviera leyendo en voz alta su novela gráfica.

—Ah, sí, sí, ah, ah. Dios, Dios, Dios, ¡joder!

Fern se rio. Pateó la considerable pantorrilla de Liv con su pequeño pie.

—Tus ruiditos sexuales son blandísimos —continuó Liv, sin unirse a las risas—. Sacados de HBO en 1996.

—Puaj. Que te den por culo.

201

—En plan, complacer a tu marido.

—Tía, tú cuando besas suenas muy gay. Chuic. Chuuuuic. Como una lavadora molesta.

—¿Qué significa eso?

—En el puto Sears.

—¿Me pasas los Pirate's Booty?

Fern le tiró a Liv la bolsa de aperitivos de color mantequilla que su madre guardaba en su despensa de artículos brillantes y para gordos. Fern, que no tenía padres, adoraba la despensa. Adoraba a la madre de Liv.

—Liv, Liv —dijo con acento latino—. Eres muy glamurosa cuando comes.

Fern sabía que siempre que Liv se enfadaba, era mejor burlarse de forma inocente y, al mismo tiempo, adularla.

Ahora Liv se rio.

—¿Qué tal los argentinos? —preguntó.

—Jesús —dijo Fern—. Todavía me tiemblan los muslos.

La noche anterior había comenzado en el estadio Arthur Ashe. La primera ronda del US Open masculino. El padre de Liv trabajaba en el departamento de *marketing* para Mercedes, un patrocinador platino, y les había conseguido a las chicas dos buenos asientos para uno de los partidos. Un sueco que estaba de moda contra un británico que no lo estaba. El estadio estaba bien iluminado y lleno de gente. Mujeres rubias con sombrero y hombres con pantalones Bonobos rígidos. Colonia, vestidos de color limón, algún que otro aficionado de Chinatown. Algunos padres de Staten Island con sombreros que aplaudían. El lugar estaba casi lleno, salvo por dos asientos vacíos junto a las chicas. Bebían cerveza ligera en vasos de plástico y levantaban los brazos bronceados en el aire cada vez que el sueco marcaba un punto.

—Quince cero —se adelantaba al locutor.

Fern llevaba un vestido rojo de patinadora con unas cuñas de esparto azul marino. Liv llevaba un mono corto de flores y unos zapatos planos de cuero. Se burló de Fern por llevar tacones.

—No son tacones, son cuñas.

—Lo que sea, pareces una puta.

—Estás celosa porque no soy una amazona y puedo llevar tacones sin que la gente se asuste.

—Oye, Fur, ¿por qué no te pasas por los palcos? Hay un montón de capullos alemanes buscando un servicio de lujo.

—Ñam, costillas de primera bajo luces de trinchera. Joder. ¿Deberíamos colarnos en un palco?

—No lo sé. No dejo de mirar los asientos vacíos y me imagino a los amores de nuestras vidas entrando y sentándose.

Fern puso los ojos en blanco. Antes sentía lo mismo, pero ahora era una persona a la que le daba igual quién se sentara a su lado. En el juzgado, en el metro. Quizá si se tomara el Effexor que le habían recetado, le importaría.

De repente, dos hombres aparecieron encima de ellas. Las chicas miraron arriba y se protegieron los ojos del sol con la mano. Los hombres eran padres, golfistas, calvos y borrachos.

—¿Estos asientos están ocupados? —preguntó el que llevaba un polo del Masters del año anterior.

—No entiendo —dijo Fern—. ¿Son vuestros?

—No —contestó el otro, con unas patatas fritas rizadas en la mano.

—Entonces sí —dijo Fern—. Son de quienes han pagado por ellos.

Sin embargo, hizo el equivalente de cuerpo entero a batir las pestañas. Lo único que había sobrevivido en Fern desde hacía poco era el deseo de conseguir que los hombres quisieran acostarse con ella. Todos. Todos los hombres que veía. Vendedores de perritos calientes. Repartidores de UPS al otro lado de la calle. Liv la llamaba puta. La enfadaba. Muchas cosas de Fern enfadaban a Liv. Pero luego Liv hacía cosas buenas. Le hablaba a Fern con el acento italiano de su madre, por ejemplo.

El tipo de las patatas fritas rizadas miró de Fern a Liv.

—Hola, perdona, ¿eres jugadora?

Sí que parecía una estrella eslava, con los dientes blancos y los antebrazos voraces.

—Sí —dijo—. Pero soy como la novena en la clasificación, así que.

—¡Hostia! ¿Cómo es un partido femenino? ¿Hay muchos menos espectadores?

—Sí, un noventa y cinco por ciento menos.

—Tantos, vaya.

—Sí. Pero este año vamos a regalar Thinx. Son bragas menstruales. Así que tenemos esperanzas.

El chico del polo sacó una gorra recién comprada y un Sharpie negro, y Liv firmó con el nombre de Paulina Pornikova en la visera.

Las chicas vieron un poco más de tenis, bostezaron, mandaron mensajes y se levantaron a por otro par de cervezas y un *pretzel* gigante para compartir.

Cuando volvieron, dos jóvenes atractivos estaban sentados en los asientos libres a su lado.

—¿Me tomas el pelo? —le susurró Liv a Fern.

Los chicos parecían tan contentos como ellas. El moreno era Sebastián y el rubio, Axel. Eran comerciantes de derivados argentinos y trabajaban en los mercados latinoamericanos de la ciudad. Sebastián, cuyo padre era embajador, llevaba un Rolex, mientras que Axel era más deportista, con dientes irregulares y ojos azules y cachondos. Los dos iban bien vestidos y no tenían alma.

Vieron juntos el resto del partido. En algún momento, parecía que a ambos jóvenes les interesaba Liv; en otro, parecía que a ambos les gustaba Fern. Sebastián les dijo que lo llamaran Seb. Estaba tranquilo, mientras que Axel no se estaba quieto. En muchos aspectos, su relación con el otro reflejaba la de Fern y Liv. Cuando terminó el partido, tomaron el tren número siete para volver a la ciudad.

—Bajémonos aquí —dijo Sebastián cuando se acercaban a Gramercy—. Vamos a tomar algo en Pete's Tavern.

Eran algo más cálidos que los chicos estadounidenses y pagaron todos los cócteles sin rechistar. A pesar del escaso o mucho tiempo que había vivido, Fern sabía que nunca se enamoraría. Le parecía muy infantil que Liv creyera en los romances de cuento de hadas como una idiota. Por eso le gustaba más Seb. Era el más frío de los dos y parecía que le daba igual si conseguía o no a las chicas, mientras que Axel estaba empeñado en echar un polvo.

—Se está haciendo tarde —dijo Seb alrededor de las once—. Tengo un partido de *squash* por la mañana.

—Cierto —dijo Axel—. Vamos a tu casa a tomar una copa.

—¿Te quedas a dormir?

—Sí, tío —contestó Axel—. Venid, chicas, ya veréis qué pasada de piso tiene.

La casa de Seb estaba justo enfrente del bar. Las chicas se sorprendieron al ver que era un estudio. Sí, era un edificio con portero en una ubicación privilegiada, pero la idea de que el hijo de un embajador viviera en un estudio con toda la ropa de la tintorería colgada en la barra oxidada de la ducha empañó la emoción de la caza.

Seb sacó cuatro vasos desparejados y sirvió Fernet Branca.

—Vale —dijo—. Me toca cobrarme la victoria.

Antes, en el partido, habían apostado por la diferencia de puntos del juego, y la apuesta había sido que el ganador podría imponer una regla, la que quisiera.

—¿Sabes lo que quieres? —preguntó Liv, y pasó los labios rosados por el borde del vaso.

—Creo que sí —respondió Seb. Se dirigió hacia el dormitorio del estudio y volvió con una corbata de cachemira. Propuso vendarle los ojos a Axel y sugirió que ambas chicas lo besaran; él trataría de averiguar cuál era cuál y quién era mejor. Seb iría después.

Fern quedó segunda, las dos veces. Usó una técnica diferente con cada chico. A Seb ni siquiera le tocó el cuerpo; se limitó a pegar los labios a los suyos y a besarlo de forma ligera y seductora. A Axel, le pasó una mano por la cintura y le rodeó el cuello con la otra. Luego le chupó la lengua como una estrella porno.

Liv los besó a los dos como besaba Liv. Fern se hacía una idea, pues una vez se despertó en medio de la noche con la boca de Liv sobre la suya. Le había agarrado las manos, como unos adolescentes en un banco del parque. Liv tomaba mucho Adderall, que, en dosis altas, era como cocaína, por lo que perdía el conocimiento a menudo y luego hacía cosas raras mientras dormía. Por la mañana, con los ojos desorbitados, Liv le dijo: «Oye, tía, ¿intentaste besarme anoche?». De todos modos, Fern sabía que el estilo de besar de Liv era el del amor verdadero.

Axel fue más diplomático, pero básicamente ambos dijeron que la segunda chica era la que mejor besaba.

Liv, por supuesto, se enfadó. Fern sobresalía en casi todo. Era porque quería ganar. Era lo único que tenía.

Hablaron, se rieron un poco más y bebieron como si los besos nunca hubieran ocurrido. Pero el olor a sangre impregnaba el aire, una rivalidad sensual que irradiaba entre las chicas. Fern supuso que era por Seb, ya que era el argentino que ella quería. Cuando Liv se levantó para ir al baño, Fern se volvió hacia él y le dirigió una mirada espiritual que decía «fóllame».

Al final, Fern y Seb acabaron en la cama de este, y Liv y Axel en el futón de hojas de plátano junto a la puerta. Hubo ruidos de sábanas, luego nada y luego se oyó un deslizamiento pesado, como un embargo en medio de la noche.

—Fur, ¿lo estás haciendo? —preguntó Liv desde el otro lado de la habitación.

Fern soltó una risita. Seb la mandó callar y follaron a lo loco. Se sentía más en paz con ese chico al que apenas conocía que con Liv, que siempre necesitaba saber qué estaba haciendo y cómo se sentía.

———

La piscina del club de campo parecía un Blue Hawaiian gigante. Ese había sido el cóctel que había hecho que Liv suspendiera el examen de *barman*. Se hacía con *curasao*, ron, zumo de piña y crema de coco. En lugar de crema de coco, Liv le puso *sour mix*. Pero eso era un Blue Hawaii. Fern nunca habría cometido ese error. Era una persona más precisa.

—No me creo que hayas follado —dijo Liv.

—¿Qué narices dices? Pensaba que tú también lo habías hecho. ¿Qué importa?

—No sé. Importa. Es que es raro. O sea, estábamos al lado. Pensaba que solo íbamos a enrollarnos con ellos.

—No entiendo por qué importa.

—Me parece un poco barriobajero.

Esas eran las mierdas que Fern no soportaba. ¿Que Liv la llamara barriobajera? Liv se emborrachaba con frecuencia y se le corría el lápiz de labios, hasta formar puentes de coral hasta la nariz; se ponía en ridículo delante de sus superiores y les decía a los porteros que eran jóvenes muy guapos. ¿Quería a Seb? ¿Quién lo sabía? Lo único que Fern sabía era que siempre había tenido miedo a las enfermedades y ya no. No le importaba que el condón se hubiera roto la noche anterior ni que el hijo del embajador se hubiera dormido dentro de ella mientras babeaba. Contraer el VIH sería una bendición.

Su terapeuta le dijo que tenía depresión, como si fuera la gripe. Se llamaba Sanford; era un viejo moderno de Bend, Oregón, con el pelo arenoso y patillas largas. Llevaba corbatas de punto sobre camisas de franela, como un ejecutivo que vivía en un árbol.

—Mis padres murieron —le gritó Fern, en la tercera sesión—. Los dos, y nos queríamos. No me queda nada. No estoy deprimida. Solo estoy acabada. Parece que no lo entiendes, joder, nadie lo hace.

Sanford le respondió con sinceridad:

—Yo también he perdido a mucha gente.

Procedió a contarle, durante veintiún minutos que ella pagaba, que había tenido un padre adicto a la metanfetamina que se marchó cuando él tenía cinco años y una madre que bebía toneladas de vino blanco de tetrabrik y se reía muy fuerte cuando había cualquier clase de hombre cerca. Fumaba Winston y salía bastante, por lo que el joven Sanford comía muchos macarrones con queso Kraft; preparaba un paquete de tamaño familiar los domingos, que era la única noche en la que estaba siempre en casa y Sanford se los comía descongelados los lunes, martes y miércoles, fríos, de color naranja pálido y sin sabor. Para los fines de semana tocaban cenas congeladas. Bistec Salisbury y crema de carne asada. Esa última era su favorita, pero se quemó una vez al abrir el plástico humeante y a partir de ese momento se convirtió en otra cosa que le gustaba, pero a la que temía acercarse.

—No es lo mismo —había dicho Fern en voz baja. A lo que Sanford respondió:

—¿Cómo son tus movimientos intestinales?

Odiaba que le preguntara por sus movimientos intestinales. Una vez, le dio un frasco de suplementos de fibra. El yoga y la fibra eran las claves para un alma sana.

—Pues vale, soy una barriobajera, como quieras —le dijo a Liv.

—Perdona. No quería decir eso. Es que me parece que no eres tú misma.

—Tengo que hacer pis.

Liv señaló el agua con la barbilla y le guiñó un ojo.

A las doce y media del mediodía, las chicas se vistieron —Liv con una túnica de color turquesa y magenta de Roberta Roller Rabbit y Fern con un *body* de terciopelo negro— y se sentaron en el patio a almorzar junto a la piscina.

Liv siempre pedía cosas estúpidas. Ternera *tonnato* o pato confitado sobre *frisée*. Este día pidió un sándwich de conejo con masa madre. Olía a tierra y a vitaminas. Fern pidió la ensalada césar de limón con trozos de parmesano y brillantes filetes de anchoa.

Una conga de mujeres rubias y bronceadas con rostros tensos se acercó a su mesa en procesión. Las amigas de la madre de Liv. Querían hablar de lo que hacían sus hijas en comparación a lo que hacía ella. Liv hacía monólogos y estaba en un grupo de improvisación. Tenía un trabajo diurno como asistente ejecutiva del tipo que había fundado Beardz, una aplicación que ponía en contacto a hombres homosexuales con chicas que querían ir a Barneys y almorzar con ellos.

Una de las mujeres, Sheila, se quedó casi cinco minutos. Era pelirroja, tenía pecas de anciana y su cuello parecía dos décadas más viejo que su cara. Su hija, Jess, se había casado con un «empresario» y vivían en Vail. Jess estaba embarazada de siete meses, pero seguía practicando senderismo.

—Tu madre tiene mucha suerte de tenerte cerca —dijo, tras confirmar que Liv estaba soltera. Fern se maravilló por la cantidad de gente muerta que seguía viva.

Mientras Sheila zumbaba, Fern miraba el teléfono. Ningún mensaje, nada de Seb ni de ninguno de los otros hombres a los que había proporcionado orgasmos improvisados recientemente. Todavía se estaba acostumbrando a no tener que llamar a su madre por las mañanas.

Cuando Sheila se alejó, Liv siseó:

—¡No puedes andar con el móvil en el club!

Fern lo dejó y la miró.

—Podrían multar a mi padre.

—Qué regla más tonta.

—No tienes por qué estar aquí.

—Vale —dijo Fern, y empujó la silla de mimbre, que arañó el suelo de pizarra.

—Perdona —se disculpó Liv—. Creo que me va a bajar la regla. Siéntate, anda.

—¿Es por lo de anoche?

—¿Qué? No.

—¿Te gustaba el otro?

—No. No me gustaba ninguno de los dos. Me da igual, ¿vale? ¿Puedes por favor probar el sándwich de conejo de las narices? Te va a encantar. —Pausa, una sonrisa—. Es lo que comían las cortesanas.

Fern también sonrió.

—No puedo. —Le preocupaba ganar peso. Estaba delgada como una serpiente y eso le importaba mucho. Sentía que ocupaba menos espacio y así, cuando se fuera, sería como un hilo de cabello de ángel que se desliza por el agujero de un colador.

—Pruébalo, por favor —dijo Liv, y le tendió un bocado de color marrón topo—. Si quieres, vomítalo después.

Fern se lo comió y Liv la observó con una gran sonrisa. Fern recordó cómo eran las cosas antes, en la luna de miel de su amistad, después de la muerte de su padre, pero antes de que diagnosticaran a su madre. Habían ido a institutos cercanos, pero no se habían conocido hasta una fiesta de Acción de Gracias organizada por un amigo común. Aquella noche congeniaron; a Fern le gustó cómo Liv se dedicaba a tomar chupitos mientras tejía una manta. Pronto se hicieron íntimas. Se escribían mensajes constantemente durante la jornada laboral y salían por la noche, dejaban notas a metres capullos con barba y compartían pasteles de té con empresarios japoneses.

Liv sugirió un viaje a Capri ese verano, donde las chicas llevaban vestidos finos de lino y biquinis blancos, pagaban treinta euros por sacos de muselina y se tumbaban en las rocas negras sobre el Tirreno, hombro con hombro. Fern le mostró el restaurante bajo el limonar donde sus padres tuvieron su primera cita. Liv insistió en pedir los mismos platos que ellos. La corteza de la *pizza* blanca estaba blanda como la carne del brazo de un niño. Liv nunca había visto flores de calabacín fritas. Bebieron *limoncello* en copas ornamentadas y exprimieron los olorosos limones sobre todo: en el pescado y en las muñecas. Un camarero les hizo unas guirnaldas de buganvilla y tomillo para que se las pusieran en la cabeza.

Su amor se consolidó del todo la primavera siguiente, después del segundo funeral, cuando Fern le envió un mensaje a Liv: «¿Vienes a buscarme?». Liv apareció en una hora, en el Aston Martin rojo cereza de su padre, con LCD Soundsystem a todo volumen. Fueron al Colorado Cafe, donde bebieron todo lo que se les ocurrió, montaron en el toro mecánico y saltaron en el escenario con el grupo de versiones de Kenny Rogers. Acabaron en el apartamento de un vaquero de Nueva Jersey, donde vomitaron por turnos en el baño mientras él intentaba meterle mano a quien esperaba en el sofá.

Por la mañana, cuando volvieron a casa y Fern dijo que, por lo menos, no había nadie que se preocupara por ella, Liv la llevó a su casa, donde su madre les echó la bronca a las dos.

Así que Fern sabía que era importante que Liv conociera el plan.

—¿Te he contado alguna vez que estaba obsesionada con Jeremy Mullen cuando tenía doce años? Ya sabes, por esa película tonta en el acuario.

—El niño actor que se colgó.

—Cuando me enteré de que se había suicidado, me sentí como una mierda. Pensé que si hubiera sabido que lo amaba, no lo habría hecho. Habría cuidado de él. Le habría lavado la ropa o le habría indicado a la criada cuando algo tenía que lavarse en seco.

—Sí —respondió Liv. Parecía agotada.

—Ahora pienso que ni de broma. Me parece una tontería lo del actor infantil. Le habría robado las pastillas y ya.

—Seguro que tenía la polla pequeña. Por eso se suicidó.

—Lo que quiero decir es que no importa. Se suicidó porque ya era el momento. Cada noche es igual, ir a clubes, lo que sea. No arregla nada.

—Creo que si fuéramos como las famosas que van al Chateau todas las noches, tú y yo nos las arreglaríamos. De todos modos, no estoy de acuerdo contigo. Creo que a la gente puede salvarla la gente que la quiere. Solo hay que esforzarse. Estar ahí, todos los días.

—No pude salvar a mi madre.

—Tus padres murieron de un puto cáncer.

—Lo de mi madre fue básicamente un suicidio. Un suicidio por cáncer.

Liv resopló. Pero cubrió la mano de Fern con la suya. Las uñas de Liv estaban mordidas, pero tenía unos dedos bonitos y femeninos. Las manos de Fern eran pequeñas, infantiles. Quedaban ridículas al hacer una paja.

—¿Cómo llamaba tu madre a tu padre? —preguntó Liv.

Estaba obsesionada con los padres muertos de Fern. Dado que las chicas solo se habían hecho muy amigas en los últimos años, no los había conocido muy bien, pero se había propuesto entender quiénes eran, cómo responderían a una determinada pregunta. A menudo, le pedía a Fern que le contara la romántica historia de cómo se conocieron en el Conad, junto al expositor de piadinas. A menudo le decía cosas como: «Apuesto a que tu madre te diría que pareces una zorra ahora mismo».

—Pip —dijo Fern, y retiró la mano de debajo de la de Liv.

Liv sonrió y asintió.

—Pip —repitió. Luego se incorporó en la silla—. Hostia, ¿has visto a ese tío?

—¿Cuál?

—Padre buenorro a las doce, pelo rizado con canas. La esposa rubia platino y las dos hijas pequeñas. Joder, estoy obsesionada. ¡Mira qué rizos! Son la familia perfecta. Es director financiero de la USGA. Viven en Flat Pond Road, esa locura de casa con putos torreones.

—Qué guay.

—Eso es lo que quiero. Él pasa toda la semana en la ciudad y se come el mundo, mientras ella descansa en la piscina con las crías. Llega a casa el fin de semana, follan y luego, por ejemplo, ella va al cine y prepara leche de anacardo. Podríamos ser tú y yo. Con maridos poderosos, quiero decir.

—Seguro que le pone los cuernos toda la semana.

Mientras que a Liv le gustaba imaginar matrimonios perfectos porque le hacían sentir que algún día ella también tendría uno, a Fern le gustaba exponer la podredumbre que quedaba en el fondo del cuenco de verduras orgánicas. Miró al hombre, alto y regio con pantalones cortos de Vilebrequin y sandalias de cuero fino. La mujer tenía pinta de exmodelo y llevaba una camisa de lino blanca sobre un biquini negro.

—Ni de broma —dijo Liv—. Mírala.

—Se parece a una versión más limpia y menos hinchada de ti. ¿A quién le importa? A todas las mujeres las engañan.

—Estás llena de veneno. Voy a necesitar tomarme un zumo para purgar cuando llegue a casa.

—El vodka purga de maravilla. Oye, ¿quieres volver a casa conmigo? Tengo que recoger el certificado de subrogación para el abogado. —A Fern no le gustaba estar sola en casa a menos que estuviera borracha. Y sabía que Liv no quería que el día terminara.

—Claro. Vamos a saludar.

Liv le presentó a Fern al hombre. Se llamaba Chip. No tenía cara de Chip. Más bien de Luther. Tenía los labios carnosos y la piel húmeda. La mujer parecía aburrida, pero preguntó por la madre de Liv. Chip dijo que quería jugar con el padre de Liv en el torneo del Día del Trabajo. Sin embargo, miraba a Fern todo el tiempo, y ella le devolvía la mirada. Incluso cuando otro hombre moreno con ropa blanca de tenis pasó por delante y le dio una palmada en el hombro a Chip. «¿Tomamos algo después?», le dijo. Chip asintió y dijo: «Desde luego». Pero mantuvo la mirada de tiburón clavada en Fern.

———

La casa de Fern era un museo de mediados de siglo nada especial. Había cosas más o menos caras, que no combinaban, y objetos de dote de Fiesole. Alfombras persas y suelos de parqué. Juegos de té de plata en mesas barrocas. Sus padres habían mantenido dos habitaciones enteras de la casa sin usar. Los sofás se habían librado por los pelos de vivir encerrados en gigantescos condones de plástico. Como su madre antes que ella, Fern nunca abría las ventanas ni bajaba las persianas. Los hilos de luz solar se deslizaban por los agujeros de polillas de las cortinas y morían en las grietas del parqué.

Liv se mostraba reverencial en la casa y se deslizaba por ella como si los padres de Fern solo estuvieran dormidos.

Fern se moría de ganas de deshacerse de todo, de todos los cachivaches. Iba a vender los trastos en uno de esos rastrillos que suelen estar reservados para la polvorienta muerte de los abuelos. Una señora llamada Tabitha se ocuparía de la caja registradora. Mujeres con narices esqueléticas regatearían el precio de la bisutería y los guantes de cocina.

—Tu madre tenía un gusto muy regio —dijo Liv, con la mano apoyada en un pañuelo de seda amarillo con un fleco de hojas doradas tintineantes.

—¿Lo quieres? Quédatelo.

—No, no seas tonta.

—En serio, tómalo. O la abuela de alguien lo llevará a una sesión de quimioterapia la semana que viene.

—Vale, gracias. —Liv se lo puso alrededor del cuello. Desapareció en el piso de arriba, donde se roció con L'Air du Temps de la madre de Fern y regresó con la nariz tapada.

—Huele un poco mal en el baño de arriba.

—¿Por qué has entrado? Te he dicho que no lo hagas.

—Lo siento, se me olvidó. ¿Son estos? —La mano de Liv revoloteó junto al cuenco de caramelos de la mesa de la cocina.

—Sí.

—Vaya. Tienen una pinta muy chula. ¿De dónde han salido?

—Un primo los envió desde Italia, pero he oído que ahora se venden en una tienda de Cranford. Mi madre se habría vuelto loca. O tal vez no. Nada la hacía feliz.

Liv estaba a punto de tomar uno. Fern la miró.

—¿Qué?

—Nada. Es que estoy haciendo algo.

—¿Qué clase de algo, bicho raro?

—No sé. Cuando se acaben, había pensado en suicidarme. —Durante los últimos meses, cada vez que Fern hacía algo asqueroso, se tomaba un caramelo. El tazón había disminuido de forma lenta, pero segura.

—Serás idiota. Eso es de retrasados.

—Pancreático, metastásico —susurró Fern, como si fuera un rap.

—¿Quieres venir a cenar? No me hagas ir sola.

Liv tenía planes para cenar en la ciudad con su hermana, antigua reina del baile. Irían a algún sitio donde sirvieran *pinot noir* con pimienta en tarros de balón. Su hermana le hablaría del último capullo de capital privado al que hubiera conocido y le diría a Liv que a lo mejor tendría novio si perdía ocho kilos.

—No —dijo Fern.

—Tía, no puedes quedarte en la casa de tus padres muertos. Vuelve a la ciudad conmigo. O si quieres me quedo. Cancelaré lo de la hiena.

—No.

—Uf, has quedado para follar en las afueras. Un dentista de mierda con la polla húmeda.

—No, joder. Me apetece quedarme en la casa y revisarlo todo antes de la venta. Estoy bien. Déjame en paz. —A menudo, Fern agrandaba el dolor de la pérdida de sus padres para evitar hacer cosas que no le apetecían. Otras veces, lo sentía con más intensidad de lo que era capaz de explicar.

—Es raro que no tengas alma, cuando tus padres se querían tanto, y a ti. —Liv le arañó el pecho a Fern como una ardilla—. ¿Dónde tienes el corazón, Baby Jane?

Fern la apartó de un empujón.

—Tía. Para.

———————————

Después de que Liv se marchara y justo antes de la puesta de sol, Fern se puso el vestido de serpiente de su madre. Era un vestido *beige* de manga corta, con una víbora de color crema y gris que se enroscaba alrededor del cuerpo. Eligió el bolso de Trussardi leonado de las baldas de su madre y metió dentro el carné de conducir y sesenta dólares en efectivo.

Condujo el Chevy Cavalier aguamarina de su padre hasta Martini. No puso música. El cielo era de color melocotón, naranja cálido y lila. Pasó por delante de jardines saturados, caminos empedrados y perros pastores de Maremma. Gente que caminaba rápido con el culo huesudo en un arcoíris de Lululemon negro.

Martini era el bar del pueblo y estaba lleno de abogadas de seguros barrigonas y divorciadas con botas de punta abierta.

Fern se sentó y pidió un Blue Hawaii.

Vio al hombre del club de campo al otro lado de la barra. Sus grasientos mechones de pelo negro y plateado parecían vivos. Llevaba una camisa con cuello de contraste y estaba rodeado de hombres de mediana edad con labios brillantes y sin esposas.

Fern dio un sorbo a su bebida. Podía ser casi normal durante el día y luego, en cuanto oscurecía, le picaban la piel y el cuero cabelludo, y se sentía mareada y agotada. A continuación, un escozor detrás del corazón, donde estaba el páncreas. Sentía los pulmones pesados y blandos, llenos de agua, como los de su madre. («Es como si los pulmones de tu madre se ahogaran», había dicho el residente hípster, aquella última semana). «Hipocondría», dijo el terapeuta de Fern un mes después, mientras asentía y anotaba con un lápiz hecho de ramitas del parque Yellowstone.

Le había venido la regla esa tarde, así que al menos no se quedaría embarazada del hijo del embajador. Estar embarazada sería una mierda. ¿Abortaría y después se suicidaría? O mataría dos pájaros de un tiro con una botella de Ambien. Bum.

Había conocido a un chico allí hacía unos años, justo después de la muerte de su padre y antes de conocer a Liv. Se llamaba Teddy. Tenía un cachorrito de *beagle* en casa y le preguntó si Fern quería conocerlo. Era uno de esos niños ricos sin ningún objetivo. Unas cuantas acreditaciones cutres como productor poco convincentes, varios amigos chabacanos en el mundo de la moda. Sus dedos se convirtieron en una mariposa dentro de ella, agradable, pero condujo a casa a las cuatro de la mañana mientras se sentía como una mierda. Su madre la esperaba en el vestíbulo, fumando, demacrada, medieval. «¿Cómo te atreves? —dijo—. ¿Cómo te atreves a hacer que me preocupe?».

Esta noche, Fern no se sentía guapa. Había agotado toda su belleza la noche anterior, pero eso no importaba en Nueva

Jersey. Allí, solo había que tener menos de cuarenta años, pesar menos de sesenta kilos y tener el pelo hasta los hombros o más largo. Preferiblemente liso y oscuro. No hacía falta más.

Chip se acercó. Frank Sinatra sonaba en los altavoces.

—Eres la amiga de la hija de Bob Long. Nos hemos conocido hoy.

—Ah, sí, claro.

—¿Está aquí…?

—¿Liv? No. Ha vuelto a la ciudad.

—Debe de ser agradable ser joven y vivir en la ciudad.

—El mejor momento de nuestras vidas.

—¿Estás sola?

—Sí.

—¿Te invito a una copa? ¿Te apetece pasar el rato con unos viejos?

Esnifó el aire. Estaba claro que tenía cocaína.

Fern esnifó y guiñó un ojo. Él sonrió. Se acercó y le puso un frasquito en las palmas de las manos. Ella lo apretó con el pulgar.

—Cuando termines, reúnete con nosotros en el patio para fumar un cubano.

En el falso y elegante baño, Fern vio que el maquillaje de su cara era como una máscara. Parecía que fuera a despegarse y revelar a una persona muerta. Esnifó dos rayas en la tapa del inodoro con un billete de un dólar. Se frotó un poco en las encías. Se preguntó si sus padres la estarían mirando.

El patio estaba lleno de humo blanco que salía de las bocas de los hombres más cachondos que había visto nunca. Chip coqueteaba con una de las camareras que iba todos los días desde Linden. Fingió que no lo había visto y comenzó a caminar hacia el interior. Sintió una mano en el hombro y le vino un olor a ropa limpia.

—Casi no nos ves —dijo.

Pidió un Glenfiddich que pagaría él. Le pidió miel a la camarera y vertió un poco en el vaso. Dijo que era lo que hacían en Escocia.

—¿De verdad? —preguntó el hombre más gordo.

—Sí. Además, quita el picor del licor, para el bebé.

—¿Qué dices? ¿Estás embarazada?

—Sí —dijo Fern, y se frotó la barriga—. Bebo por dos.

—Está de broma —comentó Chip con una sonrisa.

—Es graciosa. Oye, eres graciosa.

—Bebés preciosos —dijo otro hombre—. ¿Lo sabíais? Sois bebés preciosos.

Miró de Fern a la camarera y viceversa, como si se conocieran. La camarera llevaba mechas gruesas y un *piercing* en la ceja.

Otro de los hombres, que parecía haberse hecho un *lifting,* compró una botella entera de Patrón. Fern tomó chupitos con ellos. Chip sostuvo el gajo de lima mientras ella la chupaba.

El del *lifting* dijo:

—Las tías de hoy en día beben como hombres.

Chip le preguntó qué hacía su padre.

—¿Quién es tu padre, de hecho? —dijo. Pero era la misma pregunta.

—Nadie —respondió Fern. Pensó en que su padre nunca había ido a un bar con amigos en todos los años que lo había conocido.

Oyó que el hombre más gordo murmuraba.

—Traumas con papá.

Se balanceó y Chip la atrapó. Ella le susurró algo al oído.

—¿Dónde quieres ir? —preguntó él. Se lo repitió.

Levantó las cejas y sonrió.

—Conozco el lugar perfecto.

Pasaron por delante de la floristería con la puerta de espejo y ella se miró. El mejor vestido de su madre, las piernas bronceadas. Se subieron al Jaguar color oliva de Chip. Él también estaba borracho. A Fern le impresionó que ciertos hombres siempre supieran conducir, pasar por los peajes sin rozar los lados, incluso cuando se habían tomado tres Martinis. En casa, el Ambien estaba en el armario de las medicinas con los accesorios del cáncer: esteroides, laxantes, pañuelos llamativos para la cabeza. Fern se sentía como en un tanque de privación sensorial. Pensó en el rostro soleado de Liv y deseó estar con ella en ese momento, que sus cálidos y sólidos brazos la envolvieran.

Aparcaron frente a un edificio de cemento, aparentemente sin ventanas. Un cartel de color rosa decía: TITIS.

¿Lo había sugerido ella? No lo recordaba. Probablemente sí. Dentro, un tipo con una camiseta de Method Man les indicó un sitio en la primera fila. Banquetas de terciopelo rojo, mesas de cristal, iluminación púrpura. Chip pidió chupitos *kamikaze*, *whisky* y cerveza.

La mayoría de las bailarinas eran más jóvenes que Fern. Había una chica de piel oscura guapísima; podría haber trabajado en Abercrombie y tenido un novio de buena familia.

No había mucha gente, así que la *stripper* se centró en ellos, concretamente en Fern. Le agitó la larga melena en la cara. Fern inhaló. Acondicionador Salon Selectives, estaba segura, tal vez de una tienda de todo a un dólar, sobrante de 1994. Era la marca de su madre. «Crema de aclarado», lo llamaba la anciana.

Para no ser menos, Fern se levantó y bailó para Chip. Rasgó las costuras del vestido de su madre y se sentó a horcajadas en su regazo. Le lamió el contorno de los labios gigantescos. La mirada en su cara no era de asombro, ni siquiera de feliz sorpresa. Era casi sentenciosa. Solo quería sentirse más *sexy* que la *stripper.*

La llevó hasta donde Fern tenía el coche aparcado, en el solar sin luz de Maximilian Furs y la juguetería en quiebra. Eran más de las tres en las afueras y no había nadie en las calles. Chip se volvió para mirarla y se besaron de nuevo. Su lengua estaba fría y la boca le sabía a lechuga iceberg. Al final, le metió las manos con manicura bajo el vestido de su madre. Se acordó del tampón, se lo sacó de un tirón, abrió la puerta y lo tiró a la calle. Lo que hicieron después no lo registró. Lo único en lo que pensaba era en que se comería dos caramelos cuando llegara a casa.

El mes pasado, mientras tomaban Sazerac en Buvette, Liv dijo:

—Cuando me case, tendré que vigilar a mi marido cuando esté cerca de ti. Tú y tu labia movediza.

Liv se lo dijo porque acababa de conocer a Teddy, el del *beagle* y los dedos de mariposa, a través de sus padres. Le habló a Fern de él, y ella dijo:

—Ah, a ese pringado me lo tiré.

Liv tuvo dos citas con Teddy. No le gustaba, pero se acostó con él.

—¿Has disfrutado de mis sobras? —preguntó Fern.

—¿Por qué eres tan imbécil? —respondió Liv—. ¿Qué te aporta?

Más tarde, esa noche, estallaron de verdad. Se habían trasladado a un tenue bar clandestino mexicano en el Lower East Side. Liv estaba borracha de tequila. La pelea empezó en la barra, silenciosa y desagradable, donde se fulminaron la una a la otra con la mirada. Fern dejó un billete de cincuenta dólares —aquellos días tenía mucho dinero— y caminó deprisa por Ludlow. Liv abrió de golpe la puerta del local y salió tras ella. Estampó el cuerpecito de Fern contra un todoterreno aparcado y la agarró por el cuello contra una ventana fría con sus grandes manos.

—¿De qué te enorgulleces? —dijo Liv, y casi le escupió en la cara.

—Tienes celos de mí —dijo Fern con una sonrisa.

—Eres una puta —añadió Liv—. Una puta que no siente nada.

Forcejearon, se empujaron y se pellizcaron la piel con uñas de gel mientras se tiraban del pelo. Al final, Fern acabó con el labio partido y por la mañana Liv se metió el dedo corazón en la boca y lo inspeccionó en busca de sangre, imitando a Fern la noche anterior.

Fern conducía a casa desde Martini. Se quedó dormida varias veces al volante y se despertó solo cuando oyó que el coche se deslizaba por la tierra del arcén. Cuando vio los ladrillos de la casa oscura, se sorprendió de haber llegado con vida.

Entró con sigilo, como si sus padres fueran a oírla si hacía ruido. En el cuarto de baño de arriba, vomitó en el lavabo y no en el retrete, porque el retrete contenía una orina preciosa:

el último pis de su madre en casa, ahora de color lima y con olor a ciencia. Se acostó en la cama de sus padres, una cama de matrimonio formada por dos colchones individuales. Sin embargo, el vómito había diluido el cuarenta por ciento de la borrachera, mientras que la cocaína seguía en auge, así que no consiguió dormir.

Pensó en el bol de caramelos y dijo en voz alta:

—Tres.

La noche merecía tres.

Bajó las escaleras en silencio. Pasó por delante del espejo antiguo de la pared, que de niña creía que reflejaba los demonios de su alma. Ahora solo decía «veinticinco dólares o la mejor oferta».

Se le hacía muy raro estar en la casa sin los ronquidos del perro y el miedo de sus padres. Igual de raro que el hecho de que una casa repleta de personas pueda desaparecer en el transcurso de tres otoños.

No se sorprendió del todo, pero se quedó boquiabierta cuando vio que el cuenco de caramelos estaba completamente lleno. Se imaginó a Liv, conduciendo hasta el vendedor de Cranford, volviendo y entrando por la puerta de malla de la parte trasera, como una ladrona con un disfraz de playa. Habría llenado el cuenco y los *lacrime d'amore* habrían tintineado en el cristal.

Fern los admiró. Conchas pálidas y delicadas como los párpados de un recién nacido. Allí había cientos de putadas más que podía hacerse a sí misma. Pasó una ambulancia por la avenida South Orange, seguida por el silencio de los muertos de la alta sociedad.

Se sentó y empezó a meterse los caramelos en la boca, uno detrás de otro. «Bebés preciosos, eso somos», pensó entre risas.

Créditos

Amante fantasma (publicado en *McSweeney's*)
Cuarenta y dos (publicado en *New England Review*)
Gente guapa (publicado en *The Sewanee Review*)
Padua (1966) (publicado en *Harper's*)
Grace Magorian (publicado en *Esquire*)
Marian la doncella (publicado en *Granta*)
Un fin de semana en las afueras (publicado en *Granta*)

Os agradecemos la atención dedicada a
Amor fantasma, de Lisa Taddeo.
Esperamos que hayáis disfrutado de la lectura
y os invitamos a que nos visitéis
en www.principaldeloslibros.com,
donde encontraréis más información
sobre nuestras publicaciones.

También podéis seguirnos en redes sociales
a través de Facebook, Twitter o Instagram
utilizando vuestro teléfono móvil
para leer los siguientes códigos QR: